Shiotaiou no Sato san ga
Ore ni dake Amai.

♥いいね！

＃塩対応の佐藤さんが俺にだけ甘い 6.5

＃著／猿渡かざみ　＃イラスト／Aちき

押尾颯太《おしおそうた》

小彼郁美《おがのいくみ》
佐藤《さとう》こはる

丸《まる》山《やま》葵《あおい》
唐《から》花《はな》洋《よう》一《いち》
佐《さ》藤《とう》清《きよ》美《み》
佐《さ》藤《とう》和《かず》玄《はる》
十《つなし》麗《れい》子《こ》

仁《に》賀《が》隆《りゅう》人《と》
押《おし》尾《お》清《せい》左《ざ》衛《え》門《もん》
三《み》園《その》雫《しずく》
根《ね》津《ず》麻《ま》世《よ》

村崎円花
むら さき まど か

三園 連
み その れん

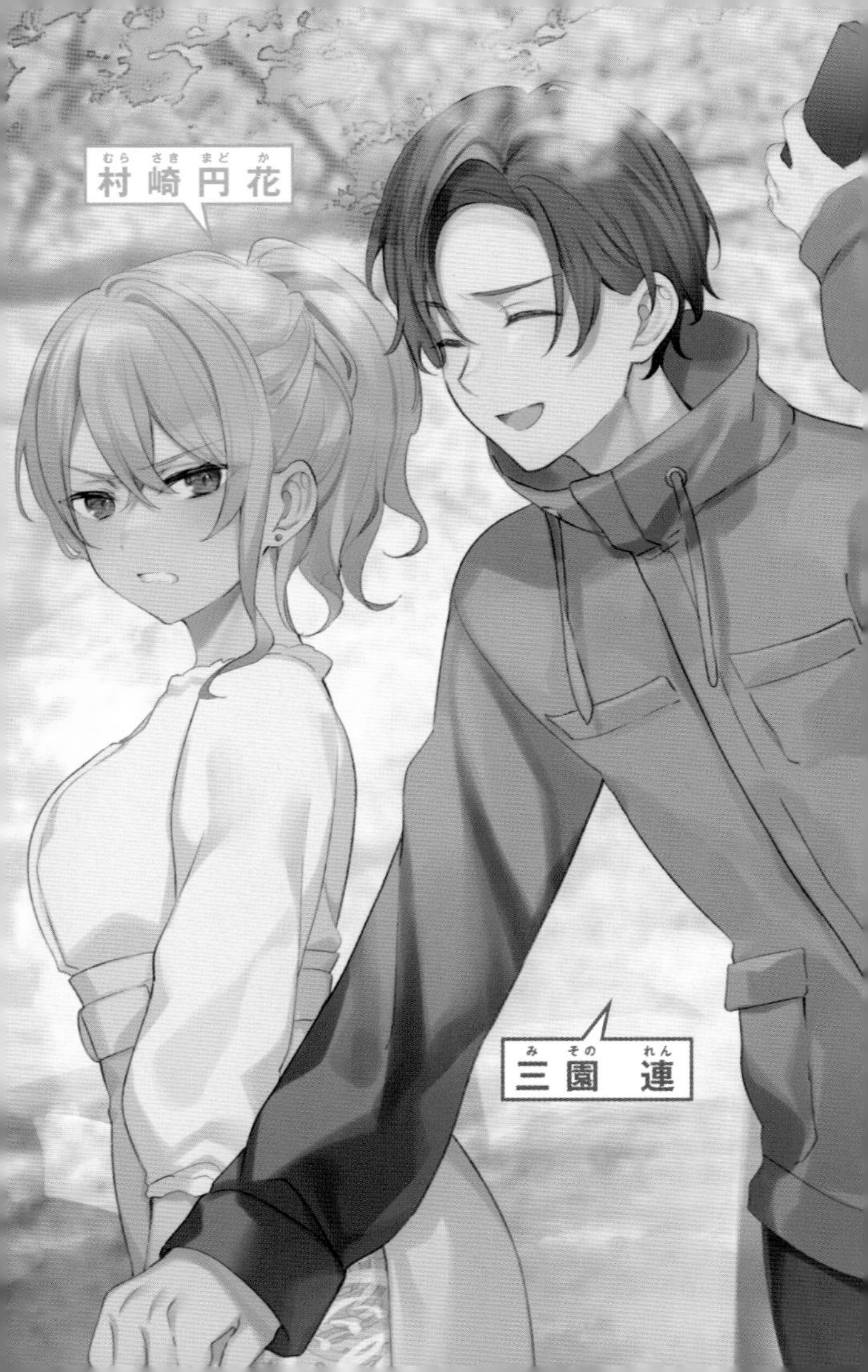

通《ひ》端《ばた》温《あつ》海《み》
姫《ひめ》茴《うい》薫《かおる》
五十嵐《いがらし》澪《みお》
須《す》藤《どう》凛《りん》香《か》

contents

猿渡かざみ
Kazami Sawatari
イラスト／Aちき
Atiki
6.5

押尾 颯太
【おしお　そうた】
高校二年生。
実家である「cafe tutuji」の店員。

佐藤 こはる
【さとう　こはる】
高校二年生。
通称"塩対応の佐藤さん"

三園 蓮
【みその　れん】
高校二年生。
颯太の親友。

須藤凛香
【すどう　りんか】
中学三年生。
こはるの従姉妹。

村崎円花
【むらさき　まどか】
高校二年生。
緑川市に住むヤンキー風の少女。

三園 雫
【みその　しずく】
蓮の姉。
古着屋「MOON」の店員。

根津 麻世
【ねづ　まよ】
雫の友人。
雑貨屋「hidamari」の店員。

characters

バレンタイン

二月一四日、下校途中のことである。

「俺、甘いもん嫌いなんだよな」

——親友、三園蓮《みそのれん》との付き合いもずいぶん長い。

だから彼お得意の軽口・悪態なんて今更どうってことはないと思っていたのだが、今日という日に限って俺は思わず眉《まゆ》をひそめてしまった。

……肩から提《さ》げたスクールバッグを女子からのチョコレートでいっぱいにして、何言ってるんだコイツは。

「……人の心がないのか？」

「どうやらソレ、あんまりない方がモテるらしいぜ？　一個いるか」

蓮が可愛《かわい》らしく包装されたチョコの一つを見せびらかしてきて、けけけと悪魔みたいに笑う。

こんなのがモテる世界なんて、やっぱり間違っているとしか思えない。

まあ、それはともかく……

「いらないよ、お前からもらったってそれはただのチョコレートだ。第一そのチョコだってどっかの女子が蓮に食べてもらいたくて持ってきたんだろ？　冗談でもそんな風に扱うんじゃ

……って、なんだよその目」

「……いや、カノジョできると変わるんだなーって思っただけ、前まではそんなに気の利いたこと言えるヤツじゃなかったと思ったけど」

「なんだよそれ」

「まあ残念ながらそのカノジョからチョコはもらえなかったわけだけどな」

「グゥっ!!」

あまりにも歯に衣着《きぬ》せぬ物言いに、俺は思わず呻《うめ》いてしまった。

――そう、俺は二月一四日という今日この日に、カノジョである佐藤《さとう》さんからチョコレートがもらえていない。

そりゃ俺だって、おこがましいとは思いつつも、もちろん期待していた。

俺と佐藤さんの関係ならきっとチョコ的なものはもらえるだろうと期待して待った。

隣でバカスカチョコをもらう蓮《れん》を眺めながら、一日中待ち続けた。

しかし放課後に至っても佐藤こはるは――不動。動かざること山のごとし。

いつもの窓際の席で、今日も何事もなかったかのように塩対応を振りまいていた。

とはいえ、最近の佐藤さんは以前とは比べようもないぐらい友だちが増えたわけで――

「こはるちゃん、これ私が作ったカヌレでねぇ、ホワイトチョコをかけてあるんだぁ、初めてだからあんまり上手じゃないかもだけどどうぞぉ」

「ひばっちありがとう！　すごくオシャレ！　はいお返し！」

「バレンタイン？　あー……分かってると思うけど私、食べ専でひばっちとかみおみおみたく料理上手じゃないから……というか下手、壊滅的に。まったくお菓子メーカー様の企業努力には脱帽を禁じ得ないわけで、まー何が言いたいかっていうと……既製品最強、っつーことでチョコバーあげる」

「わ！　私このチョコ好きだよ！　これお返し！」

「ん、トリュフチョコ、あんま美味《おい》しくないから期待しないでね」

「すご――い！　売ってるやつみたい！　みおみおって料理も上手なんだね!?」

「こはるーんっ！　ねえ見てくださいよっ！　ボクの作った脳味噌《のうみそ》チョコ！　ピンクの色合いを出すのに苦労したんですっ！」

「つ、ツナちゃん、ありがとう……うっわ〜すっごく作りこまれてる……」

「ここ、こはる様……じゃなかった、こはるちゃん、私もチョコ持ってきたんです……これ好きですよね……」

「あ！　そうなの！　私、このオレンジ味のチョコレートが一番好きで……あれ？　小彼《おがの》さんなんで知ってるの？」

「こはるはいこれー、今ミンスタで話題になってるピスタチオのチョコバー、注文殺到で即完売なんだから味わって食べてよねー」

「姫茴《ひめうい》さんありがとう!!　頑張って映えるように撮るね!?　はいお返し！」

とまぁこんな具合で……

彼女の下で、数えきれないぐらいのチョコレートが行き来したわけだけれど、俺にはなかなか回ってこない。

もしかして放課後になったらもらえるのかなとソワソワしていたら、ホームルームが終わるなり、佐藤《さとう》さんはいの一番に教室を飛び出していったわけで――

……要するにもらえていない。もらえず蓮《れん》と下校している。

こんなの口にすることはおこがましいと、当然分かっているのだが……

「……チョコ、欲しかったな」

「だからやるって、ほら」

「やめろバカ！」

思わず声を荒らげてしまった。

それでも蓮はニヤニヤと口元を歪《ゆが》めながら、無理やりにチョコレートを押し付けようとしてくる。

粗末に扱われるチョコレートを見ていたら俺もいい加減我慢できなくなって、ソレをひったくった。

「蓮！　人からもらったものをこういう風に扱うのはやめろ！　失礼だろ！　大体……」

「――おっ、押尾《おしお》君っ!!」

しかし、俺の説教は背後から聞こえてきた声によって遮られてしまう。

声がした方へ振り返ってみると——

「……佐藤さん?」

俺たちの背後に——走って追いかけてきたのだろうか——ぜえはあと肩で息をする佐藤さんの姿があった。

首にはマフラーを巻き、制服の上からダッフルコートを着込んでいるが、顔は紅潮しきっていかにも暑そうだ。

佐藤さんはたっぷり時間をかけ、呼吸を整えながら言う。

「ご……ごめん、押尾君……その、私……どうしても押尾君に渡したいものがあって……!」

「渡したいもの……」

さすがにこの場面で、「渡したいもの」の見当がつかないほどの朴念仁じゃない。

まさか、とうとう、佐藤さんが……!

期待に高鳴る胸を押さえながら、俺は佐藤さんへ向き直る。

すると佐藤さんは、俺の顔を見るなり「あ、う……」と声にならない声を漏らして、恥ずかしそうに目を伏せてしまった。

そしてしばらくそのままで固まると、やがて意を決したようにぐっと拳《こぶし》を握りしめ、口を開く。

「ほっ……本当はもっと早くに渡すつもりだったの……！　でも私、ドジだから家に忘れてきちゃって、授業が終わってから慌てて取りに戻ってて……！」

「そ、そうなんだ……」

「それに勇気も出なくて……！　受け取ってもらえなかったらどうしようって不安で……！」

ばくんばくんと、心臓の鼓動ばかりがうるさくなっていく。

そして佐藤《さとう》さんが自らのスクールバッグの中から、リボンで装飾された小さな白い小箱をおずおずと取り出した瞬間、鼓動の音は最高潮に達した。

これは、この流れは……本当に……!!

「おっ、押尾《おしお》君っ！　よければ……本当によければこれっ！　受け取っ――――！」

そしてとうとう、運命の瞬間が訪れようというその時――

「……？」

ぴたり、と。

突然、佐藤さんが一時停止でもかけられたみたく、ある一点を見つめたまま完全に動きを止めてしまった。

えっ？　なに？

困惑しながら彼女の視線をたどってみれば、そこには、さっき蓮《れん》から押し付けられたチョコレートの小箱が……

「…………………あっ!?!?

「佐藤さん!?　ちがっ、これは……!」

慌てて弁解しようとした矢先、佐藤さんの黒目がちな瞳《ひとみ》がふるふると震えているのを見て、一気に血の気が引いた。

「お、押尾君……もう誰かからチョ、チョコ……もらったんだね……」

一度差し出されかけた佐藤さんのチョコが、すすすっと引っ込んでいく。

マズイ!!

「違うって佐藤さん!　これ、蓮から押し付けられたヤツで……!」

「蓮君から……!?」

ただでさえ大きな目をぎょっと見開く佐藤さん。

小箱が凄《すさ》まじい速さでスクールバッグの中へと帰還してしまった。

違うっ……!　佐藤さんは間違いなく何か勘違いしている……!

「あの、ごめんなさい押尾君……!　わ、私っ……そういうの本当によく分からなくて……!

ごめん理解がなくて……!　ウウウ……!」

「な、泣いてる……!?　違うから、本当にそういうのじゃないから!」

「で、でも蓮君の気持ちも考えて、押し付けられたなんて言い方しちゃだめだよ……!」

「ちょっちょっちょちょちょ!?」

佐藤《さとう》さんの勘違いが止まらないんだけど!!

ヤバいヤバいって！　これもうチョコをもらうどころか失恋の危機じゃん!?

っていうか佐藤さん、ちょっと逃げる準備してるし!!

マズイ！　このすれ違いは過去最高にマズイ――――！

「あー佐藤さん、それ俺が甘いモン苦手だからって颯太《そうた》に押し付けたヤツ、別に意味なんかねえよ」

「えっ……？」

まさしく間一髪。

こちらに背を向け、今にも走り出そうとしていた佐藤さんが、蓮《れん》の一言で振り返った。

「というか颯太がさっきからずっとうるせえんだよな、佐藤さんのチョコが欲しかった佐藤さんのチョコが欲しかったって、この可哀想《かわいそう》な男子高校生に、お情けでもいいからチョコあげてやってくんねえかな」

「押尾《おしお》君が、私の、チョコを……？」

「ちょっ、おい!?　蓮お前……っ！」

フォローを入れてくれたのは感謝するけど、それはがっついてるみたいで恥ずかしいだろ！

羞恥《しゅうち》から慌てて蓮の口を塞《ふさ》ごうとしたが、しかし当の佐藤さんはこれを受けて……

「……押尾君、私のチョコ欲しかったんだぁ」

――にんまりと口元を歪《ゆが》めた。

それはもう、心底嬉《うれ》しそうな表情で。

「押尾君、私のチョコ、欲しかったの？」

佐藤さんが口元を緩めたまま、打って変わってこちらとの距離を詰めてくる。

出た、佐藤さんの「小悪魔モード」だ……

「そ、そうだよ……」

若干たじろぎつつも答えると、佐藤さんは勿体《もったい》ぶるように「ふ――――ん」と返して、ある種勝ち誇ったような笑みを浮かべる。

俗に言う、ドヤ顔であった。

「ね、ねねね、押尾君、私のチョコ欲しかったの？」

言いながら、佐藤さんは渾身《こんしん》のドヤ顔を徐々にこちらへ近付けてくる。

「う、うん……」

「どれぐらい？」

「そりゃあ、もう……その」

「聞こえないんですけど」

今回は勝てると確信したらしい佐藤さんが、今までにないぐらい強気に詰めてくる。

う、ウザい……！　ウザ対応の佐藤さんだ……！

男としてのプライドと本能の間で揺らぎつつ、しばらくは彼女の上目遣いな視線に耐えていたが……やがて観念して、

「……メチャクチャ欲しいです」

ぼそりと答えるのと同時に、佐藤《さとう》さんが満面の笑みを浮かべた。

そして彼女は、いったんバッグにしまったチョコレートの小箱を差し出してくる。

「そんなに欲しがるならしょーがないなぁ。はい押尾《おしお》君！　ハッピーバレンタイン！」

……情けない話だけれど、彼女にそう言われてしまうと、もうプライドも何もなかった。

ただ純粋な嬉《うれ》しさだけが胸を満たしている。あまりの感動に涙まで出てしまいそうだった。

「……ありがとう、佐藤さん」

嚙《か》み締めるように言って、まるでトロフィーでも受け取るみたく、彼女から差し出されたそれに手を伸ばす。

しかし、

「――やったな颯太《そうた》、これでチョコ四個目じゃん」

「あっ」

「えっ？」

蓮《れん》がそう言って俺の背中を叩《たた》き、佐藤さんの手が小箱ごと素早く引っ込んだ。

「……違うんだよ佐藤さん」

冷や汗を流しながら再び弁解しようとしたけれど、時すでに遅し。

佐藤さんはさっきまでのドヤ顔を一転して、今にも泣き出しそうな表情に変えて……

「うわあああああああああああああああん!!」

泣いた。

泣きながら、一目散に走り去ってしまった。

俺は小さくなる佐藤さんの背中を追いかけることもできず、がっくりと膝《ひざ》から崩れ落ちた。

そして一部始終を眺めていた三園《みその》蓮とかいう名前の悪魔が、けけけと笑う。

「残念、四個目のチョコはもらえなかったみたいだな」

「そりゃ俺だって義理チョコぐらいはもらうわ!!」

本命チョコ獲得、失敗。

俺の慟哭《どうこく》が二月の桜庭《さくらば》にこだました。

モバイルバッテリー

コンビニから出てくると、また雪が降り始めていた。痺《しび》れるような寒さだった。

「さむっ……」

コートの下でぶるりと身体《からだ》を震わせる。

二月下旬、桜《さくら》庭《ば》の冬は長く厳しい、見渡す限りの銀世界だった。

人の姿も車の往来もほとんどなく、ただぽつぽつ並んだ街灯の灯《あか》りと、灰色の空、そして果てしない静寂だけがある。

「次のバスが来るまで……まだ20分もあるなぁ……」

真っ白な溜息《ためいき》を交えて独《ひと》り言《ご》ちる。

放課後、教室に居残って学期末試験の勉強をしていたら思いのほか興が乗って、気がついたらもう19時近くになっていた。

普段なら歩いて帰るところだけど、この雪だとそれも厳しい。

そんなわけでこうして、バスの待ち時間に、コンビニの屋根の下であんまん片手に降り積もる雪を眺めている。

今度からはホッカイロを持ち歩こうと心に決め、いざあんまんにかぶりつこうとした時、俺は視界の隅で縮こまる、一人の女子高生の姿を見つけた。

「……佐藤《さとう》さん？」

──隣のクラスの佐藤こはる。通称〝塩対応の佐藤さん〟。

整った顔立ちとは裏腹に、老若男女誰に対しても「塩対応」な彼女は、入学から一年を待たずして桜庭高校の有名人となった。その評判はもちろん俺のクラスにまで届いている。

そんな彼女がコートの背中を丸めて屋根の下にしゃがみこみ、鼻の頭を赤くしている。スカートから覗《のぞ》いた足はいかにも寒そうだ。

「……」

いけないとは思いつつも、俺の視線は彼女に釘付《くぎづ》けになってしまった。

ちなみにそれは彼女が有名人だからではなくって……恥ずかしながら、佐藤さんは俺の初恋の人なのだ。

といっても桜庭高校の入試会場でほんの少し会話をしただけで、いわゆる一目惚《ひとめぼ》れというやつだから、向こうは俺のことなんか覚えてないだろうけど……

ともかく、俺は彼女から目が離せなくなってしまった。

寒さから朱に染まった頬《ほお》や、時折マフラーの内側から漏れてくる白い吐息、そして物憂《ものう》げな瞳《ひとみ》があたりの静寂と相まってやけに幻想的で、言葉を失ってしまう。

でも、そんな風に見つめていると、ふと彼女の指が小刻みに震えていることに気付いて──

「バス、待ってるの？」

思わず声をかけてしまった。

言ってから「ほとんど話したこともないくせに、あまりにも気安すぎたか？」と後悔したけれど、もう遅い。

佐藤《さとう》さんはそこで初めてこちらの存在に気がついたらしく、俺を見上げて目を丸くした。

もしかして俺のことを覚えているのだろうか？

なんて淡い期待を覚えたが、佐藤さんは口元をマフラーで隠して、ふいとそっぽを向いてしまった。さすがの塩対応ぶりに少し傷つく。

「……いえ、ちがいます」

「じゃあ親が迎えに来るの？」

「……こないです」

短く答える彼女の表情は、少し困っているようにも見える。

一体どうしたのだろうかと思ったその矢先、彼女が震える両手でなにやらスマホをさすり続けていることに気付いた。

「もしかして、スマホの充電切れた？」

「……」

佐藤さんがこくりと頷《うなず》き、心なしか恥ずかしそうに鼻から下をマフラーへ埋《うず》める。

そのなんでもない仕草が可愛《かわい》くて、つい心臓がどきりと跳ね上がってしまったけど、なんと

か平静を装った。

「……充電、半分ぐらいあったのに、突然電源がつかなくなりました」

「ああ、今日寒いからね……」

スマホのバッテリーは寒さに弱い。今日のような日はなおさらだ。

佐藤《さとう》さんもそれを知っていて、必死でスマホをさすり、なんとかバッテリーを温めようとしているのだろう。

「モバイルバッテリーは？」

「……持ってないです」

「公衆電話で親を呼ぶとか」

「……財布、家に忘れてきちゃって」

「じゃあバスに……あ、いや、財布忘れてきてるのか」

なるほど、お金もなく、スマホの充電も切れて、途方に暮れているところだったらしい。それなら話は早い。

「ちょっとごめんね」

俺は佐藤さんの隣にしゃがみこんで、自らのスクールバッグの中を漁《あさ》り始めた。

そしてすぐにお目当ての物を見つけ、怪訝《けげん》そうな佐藤さんへ差し出す。

「使いなよ」

それはスマートフォン用のモバイルバッテリー。

佐藤さんは一度目をぱちくりさせて、

「い、いいんですか……？」

おそるおそるといった風に尋ねてくる。

さすがにほぼ初対面の男からの厚意に警戒しているのだろうか？

ともかく俺は、これがただ純粋な善意であることを伝えるために、にこりと微笑《ほほえ》んだ。

「いいよ、俺もここでバス待たないといけないし、それまでの間使いなよ」

「でも……」

「減るもんじゃないしね」

佐藤さんは初め戸惑っていたようだったが、少ししてから、

「……ありがとうございます」

ぺこりと小さく会釈をして、モバイルバッテリーと自らのスマホを繋《つな》いだ。

すると、それまでの沈黙が嘘《うそ》のようにスマホの起動画面が立ち上がる。

佐藤さんの表情がぱあっ、と明るくなった。

「これでお父さんと連絡がとれます、もうしばらくしたら迎えに来てくれると思います」

「それは良かった」

「……本当にありがとうございました、これ、お返しします」

そう言って、佐藤《さとう》さんがモバイルバッテリーのケーブルを外そうとする。

俺はそれを制して、

「いや、いいよ、迎えが来るまで使いなよ」

「でも……」

「減るもんじゃないから」

その台詞《せりふ》を繰り返すと、佐藤さんは心なしか赤らんだ顔をマフラーに埋《うず》めて、消え入りそうな声でもう一度、

「ありがとうございます」

と呟《つぶや》いた。

「…………」

「…………」

降りしきる雪が、お互いの吐息さえ聞こえるぐらいの静寂を作り上げていた。

会話はなく、二人並んでしんしんと降り積もる雪をただ眺める、そんな時間が過ぎていく。

しかしそれは決して気まずい静寂などではなく、胸の内にあるのは妙な安息感……

——なら良かったのだが。

(佐藤さんが近いっ……！)

残念ながら、こちとら健全な男子高校生、内心は思いっきりパニック状態であった。

そりゃあそうだ！

初恋の相手が今、肩さえ触れ合いそうな距離にいるんだぞ!?

「…………」

平静を装いつつも、視線は幾度となく彼女の横顔に吸い込まれてしまう。

マフラーで膨らんだ黒髪、長い睫毛《まつげ》、眠たげな眼《め》、朱色に染まった頰《ほお》……

反則、この可愛《かわい》さは反則だ。

もしやこれが噂《うわさ》に聞くゲレンデマジックというやつか？　だとすれば件《くだん》のマジックが危険視されるのも頷《うなず》ける。だって、今にもうっかり告白してしまいそうだ！

……世界には今自分たちしかいないんじゃないか？

そう錯覚してしまうほどの静寂の中で、自らの心臓がばくばくと早鐘を打つ音が、鼓膜の奥で響き渡っている。

この音、まさか佐藤さんには聞こえていないだろうな……？

一抹の不安を覚えて、おそるおそる彼女の顔を覗《のぞ》き込んでみると……

「すきなんですか」

「えっ」

――心肺停止――

完璧《かんぺき》な不意打ちに、俺の頭の中はゲレンデより真っ白に染まってしまった。

まさか、馬鹿《ばか》な、もしかして俺そんなに露骨に態度に出てた——？

ヤバい、キモがられる——

絶望と羞恥《しゅうち》の間で激しく振れる俺の内心を知ってか知らずか——佐藤《さとう》さんはちらちらと俺の手元へ視線を送って、

「……その、あんまん……すきなんですか？」

「………あ、ああー……あんまんね……」

危ない、ギリギリのところで正気を取り戻した。

そうだ、そういえばさっき買ったあんまん、結局まだ口もつけていなかったんだった……

「そ、そうなんだよ、冬に食べるあんまんって、特別っていうかなんていうか、ははは……」

「そう、ですか……」

「はははは……」

乾いた笑いが銀世界に溶けていって、
それ以降お互いに言葉を失ってしまった。じわりと目頭が熱くなる。

……俺はなんてつまらない男なんだ。

多分、佐藤さんも佐藤さんなりに、この気まずさをどうにかしようと話題を振ってくれたのだろうに……なにが特別だよ……ううう……

軽い自己嫌悪に陥っていると、佐藤さんは何か意を決したように……

「あ、あのね、押尾《おしお》君、私――」

「……あ」

「あ」

佐藤さんの言葉を遮るように、しゃああっと雪を踏みしめながら、駐車場へ一台の車が滑り込んできた。

彼女は言いかけた言葉を呑《の》み込んで「……お父さんだ」と呟《つぶや》く。

「迎え、来たみたいだね……それで佐藤さん、今何か言いかけた？」

「……いえ、なんでもありません。ありがとうございました……その、の、乗っていきます？」

「ああ、いや、そこまで気を使わなくてもだいじょうぶだよ、バスもうすぐ来るし」

さすがの俺でも、それが社交辞令であることは分かる。

丁重にお断りさせていただいた。

「……そう、ですか」

だからぼそりと呟いた彼女の表情が少し残念そうに見えたのは、きっと思い過ごしだろう。

世界はそんなに都合よくできちゃいないんだ。

「じゃあ、おやすみなさい」

「うん、おやすみ」

佐藤さんは俺にモバイルバッテリーを返すと、ぺこりと軽く会釈して、車へ乗り込んでいった。

俺は彼女を乗せた車が駐車場から出ていくのを見送ってから、ぽつりと呟《つぶや》く。

「……次のバスは30分後か」

はぁ、白い吐息が冬の夜空に吸い込まれていく。

バスはとっくに行ってしまったし、あんまんはすっかり冷めきってしまっていたが、熱を持ったモバイルバッテリーが冷え切った指先を僅《わず》かに温めてくれた。

……あれ？　そういえば佐藤《さとう》さん、俺の名前を呼んだような……

「いやいや、覚えてるわけないだろ、一年前に一回話しただけだし」

俺は自らの都合の良すぎる妄想を振り払って、モバイルバッテリーを指でさすった。

ほんの少し、胸の内も温かくなったような気がした。

雪合戦大会

「冬といえば雪合戦！　というわけで第一回cafe tutuji雪合戦大会の開催だ〜〜っ！」

……なんだか知らないうちに、俺のバイト先が得体の知れない大会の会場にされていた……

言わずもがな、こんなことを言い出すのはいつだって雫《しずく》さんだ。

「すみません雫さん、お客さんが全然いないとはいえ一応営業時間中なんですけど……」

「硬いこと言うな！　ソータ君はずっと雪かきしててつまんないし！」

「もしかしてウチのお店のこと押尾《おしお》颯太《そうた》に構ってもらえる場所として認識してます？」

「じゃあ尺も短いのでちゃっちゃと進行していきましょう！」

無視だよ。

「ルールは簡単！　雪玉に当たったら即・退場！　最後まで残ってた人の勝ち！　シンプルにサバイバルなルールってこと！　優勝者への賞品は……ソータ君を一日好きにしていい権利でいっか」

「うおいっ!?　俺の意思は!?」

「参加者は私、こはるちゃん、凛香《りんか》ちゃん、麻世《まよ》の四人ね！」

もうこの無視が全ての答えだよ。

「では一人ずつ意気込みをどうぞ――」

「――おらぁぁっ!!　覚悟しろこはるっ!!」

「おおっと！　開始の合図も待たずに凛香ちゃんが飛び出した！　すさまじい猛攻！　雪玉の雨！　こはるちゃんを集中狙《ねら》いだぁ～～!!」

「あんたを倒してあたしは次のステージに行く!!」

「なんでぇえっ!?」

「こはるちゃんも逃げる逃げる必死で逃げる！　しかし……！」

「ひぎゃっ!?」

「いかんせん運動神経皆無のこはるちゃんが現役バスケ部の凛香ちゃんから逃げきれるわけがなかった～～っ！　あっという間に背中へ被弾！　雪の中へダウン～～！」

「佐藤《さとう》さんっ!?」

「うぅ……冷たい……」

――佐藤こはる、リタイア。

「はい、というわけで開始10秒で『私が今日一日、押尾君を好きにしていいんだ……じゃあ今日はずっとそばにいてほしいな』的な、そういういつものほのぼの甘々展開はなくなってしまったわけですが、賞品の押尾颯太さんとしてはどういったお気持ちですか？」

「ただただ最悪ですけど……」

　というか雫さんは実況なのかプレイヤーなのかはっきりしてくれないかな……

「──あははははっ！　ついにこはるに勝ったわ！」

「おぉ～、凛香《りんか》ちゃんキマってるねぇ」

「凛香ちゃんってあんなキャラでしたっけ……？」

「よっぽど鬱憤《うっぷん》が溜《た》まってたんだろうねえ、うんうん」

よく分からないけど凛香ちゃんも大変だな……

しかし、

「──隙《すき》だらけよ」

「なっ⁉」

いつの間にか凛香ちゃんの背後に回り込んでいた麻世《まよ》さんが、握りこんでいた雪玉を、ぽすんと凛香ちゃんの背中へ当てた。

──須藤《すどう》凛香、リタイア。

「あちゃー、こはるちゃんへの執着が仇《あだ》になっちゃったね」

「くやしいいいいいっっ‼」

うおおお……いつも冷静で大人びた凛香ちゃんが雪上でのたうち回っている……

「……残るは雫《しずく》だけね」

麻世さんが──あらかじめ作っておいたのであろう雪玉を二つ構えて──雫さんに振り返った。菩薩《ぼさつ》のようなアルカイック・スマイルが余計に怖い。

対する雫さんは実況にかまけていたせいで、雪玉のストックはゼロだ。

「やっぱり最後に残るのは麻世だと思ってたよ」

「あら？　余裕ね雫、私の方が絶対的に有利だと思うけど」

麻世さんがざくざくと雪を踏みしめながら、雫さんとの距離を詰めていく。

雫さんは逃げようとするそぶりすら見せず、仁王立ちになっている。

まるでガンマンの撃ち合いのような緊張感だ。

これ本当に雪合戦だよな……？

「ふふん、御託はいいから投げてみなよ麻世、ただし、一発で仕留められなかったら私が勝っちゃうけどね」

「弾もないのに？　じゃあ遠慮なく――」

射程距離に入るなり、麻世さんは大きく振りかぶって第一投。

放たれた雪玉は、雫さんの足元めがけて一直線に飛んでいき――

「とうっ！」

雫さんは雪上という悪条件ものともせず、まるで動物のような身軽さでジャンプする。放たれた雪玉は空を切り、積雪を叩《たた》いたが……

「甘いわね雫！」

空中へ逃げたのが仇となった。

きっと麻世《まよ》さんは初めからそれを読んでいたのだろう。続く第二投を、すかさず空中で無防備になった雫《しずく》さんへと投げ放つ。

だが、この絶体絶命の状況で、雫さんは不敵に笑った。

「——わはは！　甘いなぁ麻世は！　『一発で仕留められなかったら私が勝っちゃうけどね』ってわざわざ忠告までしてあげたのに！」

「なっ!?」

「そらっ！」

……そこから起こったことはまさしく曲芸というほかなかった。

雫さんは空中で身体《からだ》を捻《ひね》ると、驚くべき反射神経と運動神経で、なんと飛んでくる雪玉をキャッチしてしまったのだ。

そして回転の勢いを利用して、そのまま雪玉を投げ返す。

雪玉は全弾撃ち尽くして硬直する麻世さんの左肩へ、正確に命中し……

「……ウソ」

——根津《ねづ》麻世、リタイア。

「とうっ」

最後に雫さんがアクション俳優《はいゆう》さながらの華麗《かれい》な着地を決め、勝負は決した。

——優勝者、三園《みその》雫。

この人ホントにただのアパレル店員か……？

「さてと……では遠慮なく賞品をいただいちゃおっかなー」

「えっ」

「優勝者はソータ君を一日好きにしていい権利を得るって言ってたよね、ふふふ」

「マッチポンプすぎる！」

雫さんの笑顔が不気味すぎて思わず後ずさる。しかし彼女は確実に、じりじりとこちらとの距離を詰めてきた。

「な、なにをする気ですか俺に……」

「もちろん、二十四時間耐久でべろべろに酔っぱらった私の日頃の愚痴《ぐち》を聞いてもらう」

「本当に嫌なやつきたよ！　やりたくありませんってそんなの！」

「ソータ君往生際が悪い！　勝者のいうことは絶対なのだよ！　君は私のひと時の寂しさを紛らわすのさ……！」

わはははは、と雫さんの高笑いがこだまする。

ああ、誰でもいいからこの暴君を止めてくれ……そう思った次の瞬間。

「ぎゃんっ!?」

ばかん！　とすさまじい音がして、雫さんが後ろへ吹っ飛んだ。

大の字になって目を回す彼女の額には、割れた雪玉がへばりついており……

「──まったく、颯太《そうた》を一日も持っていかれたらウチ回らないでしょ」

「と、父さん!!」

遥《はる》か後方に、筋肉ダルマこと父さんの姿があった。

あの距離からあの剛速球を命中させたのか……と一瞬実の父親に恐怖を感じかけたが、なにはともあれ、助かった！

ノーコンテスト！　今回のイカれた大会に勝者はいない！

改めて父さんにお礼を言おうとしたところ……

「じゃ、そんなわけで颯太、駐車場の雪かきと、屋根の雪下ろしもお願いね」

「え？」

「優勝者は颯太を一日好きにしていいんでしょ？」

「ちょっ……」

「雪ならいくらでもあるからね！　どうせ暇だし、閑古鳥鳴いてるし」

あれ？　父さんこれ……さっき俺が客がいないって言ったの根に持って……

「──というわけで今日一日筋肉をいじめ倒そうね、颯太」

……翌日、俺は全身のひどい筋肉痛にやられてベッドから起き上がることすらできなくなってしまったのだが、それはまた別の話。

佐藤さんと学ぶ！ 恋愛心理学講座（イエスセット話法編）

こんにちは、佐藤《さとう》こはるです。

みなさんは『今からモテる！　超・恋愛心理学講座』という書籍をご存じでしょうか？

通称『イマモテ』――インターネットで人気の恋愛クリエイター、mori先生が著した恋愛ハウツー本だとか。

なんでもこの本には恋愛の「全て」が詰まっているらしく。

ここに記されたありがたい教えに従えば、あら不思議、恋愛成就、夫婦円満思うまま――って、ミンスタに書いてあった。

先に断っておきたいんだけど、私は不特定多数の男子からモテたいわけではなく（考えるだけでもおこがましい）、恋人である押尾《おしお》君からモテたいだけなのでそこはお忘れなきよう……

――というわけで購入、イマモテ。

今日はここに書かれた超・恋愛心理学的テクニックを実践して、押尾君を惚《ほ》れ直させていこうと思います！

「なんか佐藤さん嬉《うれ》しそうだね」

下校中、押尾君が不思議そうな顔でこちらを覗《のぞ》き込んできた。

しまった！　顔に出ちゃってた……

「う、ううん⁉　なんでもないよ！　えーと、思い出し笑い？」

「そうなんだ」

なんとかごまかせたみたい。私はほっと一息吐《つ》く。

……それにしても押尾君のあの油断しきった顔！

彼はきっと夢にも思っていないのだろう。

私の頭の中には今、イマモテに学んだ必勝の恋愛心理学的テクニックの数々があるということを……！

再び頬《ほお》が緩みそうになるのをなんとか堪《こら》える。

ともあれ作戦開始——私は押尾君にある質問を投げかける。

「ねぇ押尾君」

「なに？」

「このリップクリーム持ってくれる？」

私はコートのポケットから取り出したリップを、押尾君へ差し出す。

押尾君は怪訝《けげん》そうに首を傾《かし》げたけれど……

「？　別にいいよ」

もちろん、彼は快諾してリップクリームを受け取る。

私は内心「しめた」と口元を歪《ゆが》めた。

次だ。

「ありがとう、じゃあ次はこのスマホ持ってくれる？」

今度はスマホを差し出す。

これも当然……

「う、うん？　全然いいけど……」

優しい押尾《おしお》君はこれを快諾、右手にリップ、左手にスマホというかたちだ。

これで押尾君は二つの「イエス」を重ねたこととなる。

――イエスセット話法。

まず人間には「一貫性の原理」といい、自身の行動、発言、態度、信念を一貫したものにしたいという心理が働いている。イエスセット話法はこれを利用した心理学的テクニックだ。

やり方は簡単、最初に簡単な要求をいくつか重ね、相手に繰り返し「イエス」と言わせる。

すると――あら不思議、そのあとに続く本命の要求にも相手は「イエス」と答えてしまう！

……ってイマモテに書いてあった。

私はこのイエスセット話法を利用して、今度の週末押尾君をデートに誘うんだ！

「押尾君、次はカバンを持ってくれる？」

「？？　別に構わないけど……」

押尾君が代わりにスクールバッグを持ってくれる。

さあ、これで三つの「イエス」が重なった。

そろそろ本命の要求を……！

「じゃ、じゃあ押尾君、こ、こん……」

「こ？」

押尾君が訝《いぶか》しむ。

ゆ、勇気を振り絞れ佐藤《さとう》こはる！　ここまでは上手《うま》くいってる……はず！

イマモテを信じて、さあ――！

「こ……こんなにも暑いから、マフラーも持ってくれないかな!?」

「……鳥肌立ってるけど？」

「あ、あれー!?　見えないところはもう汗びっしょりなんだけどなぁー!?」

「……まぁ持てと言われれば持つけど」

「ありがとうっ！」

私はマフラーをほどいて、押尾君に預かってもらう。

さっ、寒い！　もうじき春とはいえ寒い！

でもここは慎重にいかないとね!?　つ、次こそ本命のデートの誘いを……！

「こっ……！」

「こ？」

「こ、ここ、今週……」

「?」

「こ……コートも持ってくれないかな!?　私なんだか暑くって!」

「ウッソォ!?　今気温四度なんだけど!?」

「ほ、ほら、私代謝いいから、あははははっはっはは……」

「笑い声が震えてるよ!?　奥歯カチカチ鳴ってるし!」

「ほっ、ほほほほホントだよ?　あ、そうだ、ブレザーも持ってもらおうかな……」

「ちょっ佐藤《さとう》さん!?　唇青くなっちゃってるから!?　風邪引くって!　っていうか俺もう両手いっぱいだし待って脱がないでダメダメダメ!」

「あっ……」

ダメ……ここにきて「ノー」が出てしまった。

イエスセット話法、失敗。

私は恋愛心理学の力を借りてもダメなのかと、鼻の奥の方がじわりと熱くなった。

「うううぅ――――っ……」

「な、泣いてる……どうしたの佐藤さん急に……?」

「押尾《おしお》君のこと今週末デートに誘おうとして失敗したのぉっ……!」

「デートのデの字も出なかったうえに、それでどうして服を脱ぎ出すのかが意味不明なんだけど……いいよ別に」

「えっ⁉」

私は弾《はじ》かれたように押尾君の顔を見て、

「いいの⁉」

「特に予定もないしね、それに俺は――佐藤さんのカレシだし」

「……‼」

私には恋愛心理学なんて、初めから必要なかったのかもしれない。

だって押尾君は、そんなにもカッコいいセリフを、恥ずかしげもなく堂々と言える――自慢のカレシなのだから。

「えーと、じゃあ佐藤さん、今週末デートいこっか」

「うん！」

元気いっぱいに返事をした私だけど、この時の奇行が原因で思いっきり風邪をこじらせ、デートがお流れになったのはまた別の話。

お見舞い

——佐藤《さとう》さんが風邪を引いた。

季節の変わり目は体調を崩しやすいと言うし、聞いた話ではただの季節風邪で、大事はないようだけれど……心配なものは心配だ。

「……ここが佐藤さんの家か」

桜庭《さくらば》高校から徒歩数十分、閑静な住宅街の一角に、その家はあった。

それは普段視界に入っても認識できないぐらい、ごく平凡な一戸建てだったけれど……

今の俺には、荘厳な神殿に見える。

「……緊張してきた」

いざ家の前までやってくると心臓がばくばく鳴りだした。

こ、ここに佐藤さんが住んでるんだよな……?

佐藤さんは何度か俺の家——というかcafe tutuji——に遊びに来ているけれど、逆のパターンは初めてだ。

付き合ってしばらく経つけれど、恋人の家を訪れるのがこんなにも緊張することだとは知らなかった。

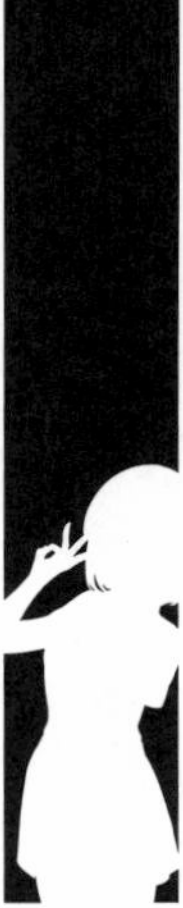

……とはいえ、そろそろ不審者としてご近所さんから通報されそうだ。

俺は大きく深呼吸して、インターフォンを鳴らす。

インターフォンはカメラ付きで、しばらく待つと『はあい』と眠たそうな声が返ってきた。

女性の声——でも佐藤さんじゃない、佐藤さんのお母様!? 失礼があっちゃダメだ——!

この間、僅《わず》か0.2秒。

「——すみません、こはるさんのクラスメイトの押尾颯太《おしおそうた》です、学校で配られたプリントと、あとお見舞いの品を届けに参りました」

『…………押尾……？　っ!?　やっば——!　あっ——!?』

ガシャン！　何かをひっくり返すような音。

「……？　大丈夫ですか……？」

『大丈夫！　ちょっと待っててくださいね！』

「はい……」

それからドタンバタンと慌ただしい足音が繰り返し家の中から聞こえてきて、
そして「ちょっと」というにはいささか長すぎる時間が経過したのち……

ようやく玄関のドアが開かれ、中から一人の女性が顔を出した。

「こんにちはぁ、こはるの母の清美《きよみ》ですぅ」

「……こ、こんにちは」

佐藤《さとう》さんの父親——和玄《かずはる》さんとは、どういう縁か何度か顔を合わせているけれど、佐藤さんの母親を見たのは、実は今回が初めてで。

しかもなんとなく想像していた佐藤さんの母親像とはまるで違っていたものだから、意表を突かれてしまった。

なんというか、いかにも近所で評判の「できる」若ママという感じ。

佐藤さんの整った目鼻立ちとスタイルの良さって母親譲りだったんだなー。

あと清美《きよみ》さん家でもすんごいオシャレして……なんで息があがっているんだろう？

……あ、いけないいけない、本来の目的を忘れるところだった。

「初めまして、こはるさんのクラスメイトの押尾颯太《おしおそうた》です。いきなりお邪魔してすみません」

「とりあえず立ち話もなんだから、上がっていって」

「えっ、いいんですか」

「もちろん、あの子も直接クラスメイトの顔を見た方が元気になるだろうから、ね」

それはもう……願ったり叶《かな》ったりだ。

「じゃあお言葉に甘えて、お邪魔します」

「どうぞどうぞ」

……さあ、覚悟を決めろ押尾颯太。

ううっ、当たり前だけどいかにも「人の家」って感じの匂《にお》いで緊張する……

「こはるの部屋はそこの階段を上がってすぐ右ね」

「分かりました、ありがとうございます」

「間違えないでね？　絶対にそれ以外の部屋のドア開けたりしちゃダメだからね？　あと極力何も見ないで？　特に水回りは絶対に見ないでね？　というかあと30分は部屋から出ないでね？　分かった？」

「わ、分かりました……」

なんだか、繰り返し念を押す清美さんの目が怖かった。

♥

……熱を出すと、いつもきまって同じ夢を見る。

それは私がまだ押尾君と出会う前の……中学生の頃の記憶だ。

今よりもずっとひどい人見知りだった私は、いつだってクラスに馴染《なじ》めずにいた。

――あの子、なんかいっつも睨《にら》みつけてくる。怖いんだけど。

――感じ悪いよね、何が気に食わないのかな。

――こはるちゃん、どうしてあなたはいつもそんなに機嫌が悪そうなの？

――何か不満があるなら、口に出して言えばいいのに。

――変な子。


違う、違うの。不満なんて何もない。

私はただ皆とお喋《しゃべ》りしたいだけ――友達になりたいだけ。

なのに、どうしても皆みたいに笑えない。

皆みたいにお話ができない。

それでもどうにか皆と仲良くなりたくて、話しかけて、誤解されて……

繰り返すうちにどんどん心が疲れて、本当に笑えなくなっちゃって、皆のことが少し嫌いになって、自分のことはもっと嫌いになって、
そんな状態になっても、やっぱり心の底で私は、誰かに認めてもらいたくて――

「たすけて……」

どうせ誰にも届かないのに、夢の中の私は呟《つぶや》く。

私一人しかいない教室で、そのかぼそい声は、ただ消えていくはず……だったのに。

「……すげー顔色」

頭上から声がした。

細くて綺麗《きれい》で、でもちゃんと男の人のソレだと分かる、そんな指が私の前へ差し出される。

「…………押尾《おしお》……君……？」

私は夢見心地に手を伸ばし、ソレを摑《つか》んだ。

柔らかくて、大きくて、節くれだっていて、暖かくて。

間違いない、ソレは……

「……うん？」

……夢にしてはやけにリアルな感触。

指の腹のぷにぷに具合とか、指紋のざらつきとか、まるで本物を触ってるみたい。

えー、すごいなー私の夢の解像度……

「えーと……佐藤《さとう》さん、さすがにそんなしっかり触られると、その……恥ずかしいかも」

「…………えっ」

私はたちまち覚醒《かくせい》して……そして見た。

ベッドの傍《そば》で、困った風に笑いながらも頰《ほお》を朱色に染める押尾君を……

「あっわっわっわぁああっ!?!?」

病人ということも忘れて、ベッドから勢いよく跳ね起きる！

すさまじい情報量に、私の頭はパンク寸前だ！

「おっ、おおおっ、押尾君っ!?　え!?　ななな、なんで私の部屋にっ!?」

「ちょっ佐藤《さとう》さん落ち着いて！　熱上がっちゃうから!?　お見舞いにきたんだよ！　佐藤さんのお見舞いに！」

「お、お見舞いに……？」

「うん、さっき清美《きよみ》さんにも挨拶《あいさつ》したよ」

「あ……」

……そうだ、確か今日はお母さん在宅の日だっけ。

ということはお母さんが通したの!?　押尾《おしお》君を私の部屋に!?　眠っている私に無断で!?

「う、嬉《うれ》しいけどせめて一声かけてほしかった……」

「……なんで？」

「だって押尾君が来るって分かってたらお部屋片づけたもん！　一日中ベッドで髪も乱れてるから整えて、あと寝汗かいちゃってるから着替えも……！」

「それなら俺は最初から部屋に上がったりしないよ、学校休んだ病人なのに片付けとか着替えとかダメに決まってるでしょ、安静だよ」

「ううっ……！」

ぐうの音も出ない！

けど押尾君は初めてカレシが部屋にきた女の子の気持ちを分かっていない！

「お見舞いってそういうもんだからね、それに片付いた綺麗《きれい》な部屋だと思うよ。……あ、あんまりじろじろ見ちゃだめか。なんにせよ佐藤さんの顔が見れてよかった」

——でもやっぱり嬉《うれ》しい！　優しい！　好き!!

なんて、もちろん言えるはずがないので真っ赤な顔を布団に埋めて「ううう」と鳴いた。

どのみち熱上がりそう……

「あ、そうそう、学校で配られたプリントとかお見舞いの品とか預かってきたんだよ、今渡しちゃうね」

「お見舞いの品？」

プリントは分かるけど……お見舞いの品？　預かってきた？

不思議に思っていると、押尾君はパンパンに膨らんだスクールバッグの中から、それらを取り出してゆく。

「えーと、まずこれは蓮《れん》から、スポーツドリンク」

「れ、蓮君が？　ありがとう……」

「次に麻世《まよ》さんから自家製ハニージンジャーレモン、喉《のど》にいいから紅茶に入れて飲んでってさ」

「麻世さんからも!?　というか自家製!?　わざわざ作ってくれたの!?」

「それでこれは雫《しずく》さんから……博多通りもん？　病人に？　ただのお土産じゃないのか……」

「雫さん、今度は福岡旅行に行ったのかな……？」

「次はウチの父さんから……」

「待って待って！　お見舞いの品ってこんなにもらえるものなの!?」

　この調子だとまだあるよね!?

「ただの風邪なのに……どうして皆ここまで……」

「──みんな佐藤《さとう》さんのことが心配なんだよ」

　そう言って、押尾《おしお》君はスクールバッグの中から取り出したそれらを一つずつ並べていった。

「ウチの父さんからはマルチビタミンのゼリー飲料、凛香《りんか》ちゃんからは最近実写化した少女マンガ、五十嵐《いがらし》さんからは栄養ドリンク、丸山《まるやま》さんからはフルーツ缶詰の詰め合わせで、樋端《ひばた》さんからは手作りの編みぐるみ、ツナちゃんからは……なんだろこれ、呪《のろ》いの人形……？」

　……最後だけよく分からなかったけど。

「全部、佐藤さん宛てだよ、早く元気になってねってさ」

「みんなが……」

「俺からはアイスクリーム、お大事に」

　そう言って、押尾君が最後のお見舞いの品を手渡してくる。

　これ……

「……私が一番好きなやつだ」

「だよね？　よかった、記憶違いだったらどうしようかと思ったよ」

　ほっと胸を撫《な》でおろす押尾君。

……記憶通りなら、私が押尾君にソレを言ったのはずっと前に一度だけだったはず。

ついさっきまでイヤな夢を見ていたせいもあるのかもしれない。

押尾君がそれを覚えてくれていたという事実で、涙腺《るいせん》が緩みかけてしまった。

「押尾君……」

……いや、押尾君だけじゃない。

皆が私のことを思ってくれている、それがこのうえなく嬉《うれ》しかった。

こんな無口で不愛想で人見知りな私のために……

……あ、やばい、本当に泣いちゃいそう。

「どうする？　すぐ食べないようならいったん清美《きよみ》さんに預けてくるけど……」

「……そ、そうだね、じゃあ……」

感極まるっていう言葉があるけど、まさしく今の私は極まっちゃってるわけで、
極まりすぎちゃって……

変なスイッチが入ってしまった。

「……今、食べたいな」

「そう？　じゃあここに置いておくから……」

「押尾君、食べさせて？」

「……えっ」

困惑で固まる押尾君《おしお》を見ると、自分の頭からにょきにょきと小悪魔の角が生えるのを感じる。

せっかくカレシがお見舞いにきてくれたんだ、風邪の時ぐらい存分に甘えちゃおう！

「私、まだ身体《からだ》がだるくて、だから押尾君、あーんして食べさせて？」

上目遣いに、いかにも「弱ってます」といった声音で言ってみる。

本当はず――っとベッドで寝てたから、熱なんてとっくに下がってるけどね！

「わ、分かった……食べさせればいいんだね？」

「それに寝汗もすごくかいちゃって気持ち悪いな……アイス食べ終わったら、背中も拭《ふ》いてくれないかな？」

「わか……うぇっ!?　背中!?　拭くの!?」

「……嫌？」

「いやっ！　嫌というか！　むしろいいの？　っていうか……ああ、ごめん気持ち悪いこと言っちゃった！」

「それから添い寝して、背中もとんとんしてほしいな」

「添い寝!?　い、いやっ……それはさすがに……っ！」

赤面して、しどろもどろの押尾君。

た……楽しい……！　これめちゃくちゃ楽しい……！

弱っているという強み（?）があるから、押尾君もはっきり拒否することができなくて、私の発言一つ一つに慌てふためいてる！

この転がしてる感!!　クセになりそう……！

よし次はもっと過激なことをお願いしちゃおう——と、その時だった。

「——うわー、こはるって二人きりだとこんなあざといんだー」

私と押尾君の発した「えっ」が重なる。

声のした方へ振り返ると、そこには……部屋の入り口からこちらを覗《のぞ》き込む、私の友だち——姫茴薫《ひめういかおる》さんの姿があった。

「な、なな、姫茴さん、なんでここに……？」

「風邪引いたって聞いて、退屈してると思ったから雑誌持ってきたんだけどー……」

彼女はその手に持ったファッション誌をひらひらやりながら、ふっと鼻で笑う。

「余計なお世話だったみたい、わたしのことは気にしないでとんとんしてもらいなー」

「ひんっ」

「佐藤《さとう》さん!?」

お腹の底から羞恥心《しゅうちしん》がせり上がってきて、ぱたりとベッドに倒れた。

たぶん、四十二度ぐらい出てたと思う。

お花見

青海《おうみ》町は、かつての城下町だ。

青海城自体は遥《はる》か昔、落雷によって焼失してしまったそうだが、城下の町並みは未《いま》だ当時の面影を色濃く残しており、観光スポットとして……

ってこれ前も言った気がするな。

ともかく、青海町は観光の名所であり——同時に桜の名所でもあった。

「うわあ押尾《おしお》君見て！　あそこ！　桜がトンネルみたいになってるよ！」

「本当だ、あれはちょっと、すごいね」

桜雲という言葉があるが、まさにあれだ。

橋の上から見ると、お堀沿いにずらりと並んだソメイヨシノが、水面に反射して、佐藤《さとう》さんの言うように「トンネル」になっている。

俺は一応毎年見に来ているけれど、それでもちょっと言葉を忘れるぐらいの絶景だった。

青海城址公園——焼失した青海城の跡地を整備して作られた公園だ。

石垣に囲まれた広大な敷地には、かつて日露戦争の戦勝記念に植栽されたソメイヨシノがなんと千本以上も咲き誇っており、花見の名所として知られている……

と、パンフレットに書いてあった。

だから今日は風邪の治った佐藤さんを誘って、いわゆるお花見デートってやつをしようと思ったんだけれど……

「うわあ麻世《まよ》見て！　あそこ！　焼き鳥の屋台が出てるよ！」

「本当ね、お酒のツマミにぴったり」

「……大学生ってお酒飲まないと死ぬんですか？」

俺の後ろのアパレルＪＤコンビが、桜そっちのけではしゃぎまくっており、それを凛香《りんか》ちゃんが白い目で見ている。

更に……

「おーい、円花《まどか》何やってんだよ、置いていかれるぞ」

「ちょ、ちょっ、ちょっと待てよ!?　麻世さんに選んでもらったこの靴、踵《かかと》が高くて歩きづらいんだよ！　スカートもひらひらしてて落ち着かねえし……！」

アパレルＪＤコンビの後ろには、蓮《れん》と円花ちゃんの二人が。

更に更に……

「クソっ……この季節は大嫌いだ……！　杉の木なぞ全部伐採してしまえばいいのに……林野庁は何をやっているんだ……」

「パパは本当に毎年花粉症ひどいわね～、はい新しい箱ティッシュ」

「うーん、学生時代はこんなに貧弱じゃなかったんだけどなぁ、やっぱりもう一回筋肉つけた方がいいんじゃない？」

「アレルギーは身体《からだ》の免疫反応だ！　無駄な筋肉は関係ない！」

「見せ筋は無駄な筋肉じゃないし」

花粉症で目鼻を真っ赤にしながら怒鳴る和玄《かずはる》さん、その隣で箱ティッシュを差し出す清美《きよみ》さん、そして謎《なぞ》のポージングをとる父さんが後に続く。

俺と佐藤《さとう》さんを入れて、なんと十人という大所帯だ。

「佐藤さんと二人きりでデートのはずだったのに、どうして……」

「しょ、しょうがないよ！　日程がかぶっちゃったんだもん！」

……ご存知の通り、桜の見ごろは短い。

そして極めて一般的な高校生である俺と佐藤さんがデートできる日となれば、それはもちろん週末であり、その条件はここに集まった全員が同じなのだ。

――佐藤さん、今度の週末に青海《おうみ》公園に桜を見に行かない？

――えっ、ごめん！　その日は家族でお花見に行くことになってて……

――じゃあウチも久々にお花見行こうか、お店はスイーツ同好会の皆に任せてさ。

――お、なになに!?　花見行くの!?　じゃあ私も蓮《れん》と麻世《まよ》連れて行く～！　やったー花見酒だ！　あ、面白いから凛香《りんか》ちゃんと円花《まどか》ちゃんにも連絡しとこーっと！

……という具合で、あれよあれよという間に大人数での花見会が決まってしまった。

「それに私こんなに大勢でのお花見初めてだから普通に楽しみだよ！」

「……佐藤さんがそう言ってくれるならなによりだよ」

たとえそれが俺を慰めるための方便であったとしても。

はぁ、俺なりにデートコースを調べたりしたんだけどなぁ……

……いや、落ち込むのはまだ早い！　機を見て二人で抜け出せばいいじゃないか！　そうだ、そうしよう！

俺は人知れず決意を固めた、その矢先のことだ。

「――あれ？　ソータ先輩とこはるんじゃないですか！」

「あっ、バカップル登場だ」

「こはるちゃん、こっちこっちぃ」

「……今日はやたら知り合いに会う日ね」

演劇部の五十嵐《いがらし》さん、丸山《まるやま》さん、樋端《ひばた》さん、そしてツナちゃんという珍しい組み合わせが桜の下でレジャーシートを広げて、お弁当を食べていた。

となると、あとはお決まりの流れで……

「アンタたちもお花見？　じゃあせっかくだし合流しない？　今日結構混んでて、今から空いてるところ探すの大変だと思うよ」

「じゃあお言葉に甘えて！」

五十嵐《いがらし》さんの気遣いと雫《しずく》さんの鶴の一声により、この大所帯へ更に四人が加わった。

……また増えた。

「にっ、賑《にぎ》やかでいいねっ!?　ねっ、押尾《おしお》君!?」

「ソウダネ……」

佐藤《さとう》さんが喜んでくれるならいいさ、いいけど、いいけどね……

——そんなわけで計十四人による大花見会の開催である。

「あれっ!?　どっかで見たことある顔だと思ったらアンタら三輪《みつわ》アニマルランドで私のスマホバキバキにしたＪＫ三人組！」

「ゲッ！　あの時のブザービートＪＤ！」

「っていうかスマホ壊したの私たちじゃないし！」

「私が作ってきたサーターアンダギーあるんですけど、おひとついかがですかぁ？」

「あら、じゃあいただくわ、こっちからはお返しで私の作ってきたサンドイッチを」

「こ、こはるん、この綺麗《きれい》でキラキラしたお姉さまがたは一体……？　ボクみたいなホラーオタクでも受け入れてくれるのでしょうか……」

「こはるの友だちか？　初めまして、父の佐藤和玄《かずはる》です。いつも娘がお世話になっており……」

「パパ硬すぎ、どうも母の清美《きよみ》です～」

「へ～、こはるって学校に友だちいたんだ、なんか意外」

「な、なあ蓮《れん》っ、アタシあっちの方に行きてえなっ、えーと、あれだ！　露店に食べたいものがあるんだよっ」

「はぁ？　今座ったばっかなのにか？　……分かったよ、ついていくから」

「あっ！　愚弟が円花《まどか》ちゃんと抜け出した！　くそーっ見せつけちゃって！　皆飲んでるー!?　清左衛門《せいざえもん》さんは!?」

「結構、アルコールは筋肉に悪いから断っているんだ。私はこれ、花見ブロッコリーと花見ゆで卵」

「……せめて塩ぐらいかければいいのに、ああ見てるだけで喉《のど》渇いてきた、飲も飲も」

「うわ待って！　このサンドイッチうんまっ!?　こんなに美味《おい》しいサンドイッチ初めて食べた！　なにこれ!?」

「うふふ、褒《ほ》めるのが上手ね」

「……！　ふ、ふん！　ひばっちの作ったサーターアンダギーの方が美味しいわよ！」

「みおみお、サーターアンダギーねえ、発音しっかりして？　ね？」

「は、はい……」

「うおおお、ひばっちが珍しく怖い……」

「ねえこはる！　お友だちのこの子すごく可愛《かわい》いわね！　お人形さんみたい！　十《つなし》ちゃんウチ

の子にならない!?」

「こっ、この包容力！　大変ですこはるん！　ボク、こはるんの妹になっちゃいますよ!!」

「こはるはまた友だちが増えたんだな、ううっ……」

「ちょっと!!　誰だい和玄《かずはる》君にお酒飲ませたのは!?」

……とまぁ、こんな具合でてんやわんやの大宴会である。

もはや誰が喋《しゃべ》っていて、誰が喋っていないのかも分からない。

俺は浴びるように酒を飲むＪＤコンビや、沖縄語《うちなーぐち》講座を開講する女子高生三人組、缶ビール一本で酔っぱらって泣き出す和玄さん、そして何故《なぜ》かポージングを決める父親の姿などを目の当たりにして……溜息《ためいき》を吐き出した。

もうここまできたらあと一人も二人も……三人も同じだ。

「……そこにいるんでしょ？　出てきていいよ」

「っ!?」

俺が言うと、近くの桜の木の陰に隠れていた三人組が、びくりと肩を跳ねさせた。

「お、おいっ唐花《からはな》どういうことだっ、押尾颯太《おしおそうた》に気付かれているぞっ」

「そ、そんなのぼくに言われても……！」

「――押尾君に認知されてるっ！」

「あっ、ちょっ、小彼《おがの》さん押さないで……！　うわっ――！」

バタバタバタっ！　と三人組が木陰から倒れ込むようなかたちで飛び出してくる。

彼らは……

「え、えすえすえふの皆さん……？」

「元ＳＳＦだっ！」

佐藤《さとう》さんの問いに仁賀《にが》君がすかさず答えた。

仁賀君と唐花君、そして小彼さんというお馴染《なじ》み元ＳＳＦの三人組である。

佐藤さんは今初めて気付いたみたいだけど、俺はだいぶ前から彼らがこちらの様子を窺《うかが》っているのに気付いていた。

どうやら繰り返しストーキングされたことで、彼らの気配が読めるようになったらしい。

……嫌な特技だ。

「ちっ、違うんだよ押尾君！　ぼくたち別に、また何かしようと思ったわけじゃ……！」

「交ざりたかっただけでしょ？　遠慮しなくていいよ」

「へ？」

俺の返答に、唐花君はかえって肩透かしを食らったような反応だ。

なんだ、また怒られるとでも思っていたのだろうか。

「お、押尾颯太……ボクたちのことを疑わないのか？」

「前も言ったけど、もう過去のことは水に流したから。……それにこの前はミンスタの件で佐藤さんのことを助けてもらったわけだし」

「押尾颯太《おしおそうた》……」

「佐藤《さとう》さんも賑《にぎ》やかな方がいいでしょ?」

「う……うんっ! 元えすえすえふ? の皆さんも是非一緒にお花見しましょう!」

佐藤さんの許しを得て、彼らはたちまちぱあぁっと表情を明るくすると、

「し……仕方がないな! 行くぞ皆!」

「押尾君、佐藤さん、本当にありがとうね!」

「お、おおお、押尾君、あとで桜をバックに一枚撮らせてもらっても……ああっ! 引っ張らないでっ」

……これで十七人。

ここまでくると、どれだけ数を増やせるか気になってきたぞ。

うん? いやいや別にヤケクソになってるわけじゃないよ、なんてったってお花見は大勢でやった方が楽しいからね、あはははは……

……はぁ……

がっくりと肩を落とし、いよいよ観念して頭のスイッチを「お花見デート」から「乱痴気騒ぎ」に切り替えようとした、その時だった。

「お、押尾君」

佐藤さんが、おもむろに袖《そで》を引っ張ってきた。

「うん？」

見ると、佐藤さんはなにやら頬《ほお》を桜色に染めてもじもじしている。

「どうしたの佐藤さん？」

「その……これだけ人がいたら、さ……」

そして彼女は恥ずかしそうに、上目遣いになって続けた。

「一人二人抜けたって分からないんじゃないかな……？」

「……！」

不安げに震える瞳《ひとみ》と背景の桜との相乗効果に、思わずぐらっときた。

佐藤さん、一体どこでそんな技を……！

「……そ、そうかもね」

不意の一撃をもらい、かろうじてそう答えるのが精一杯だった……だろう、今までの俺なら。

でも、成長してるのは佐藤さんだけじゃない、俺だって成長してるんだ。

俺はすかさず佐藤さんの手を握って、

「あっちの線路沿いに有名な撮影スポットがあるんだ、行ってみる？」

「っ……！」

予想外の反撃に佐藤さんは一瞬ビックリしたようだったけれど……

ややあってから、こくりと頷《うなず》いて、

「……うん、行く」

小さく答えた。

……今回は引き分けだ。

そして俺と佐藤《さとう》さんは手を繋《つな》いだまま、多少ぎこちないながらも桜並木の道を歩き始めた。

あ————……どうしよう、カノジョが可愛《かわい》すぎる……

一生この二人きりの時間が続いてくれればいいのに。

いや一生なんて贅沢は言わないから、せめて30分ぐらい……


——という俺のささやかな願いは、ものの5分で潰《つい》えた。

「……うわっ、バカップル」

桜の木の下で、やけにキラキラした女子高生が一人で自撮りをしていると思ったら、彼女はこちらを発見するなり渋面を作った。

……そうだ、そういえばまだ彼女がいたっけ。

「姫茴《ひめうい》さん、久しぶり」

「学校でいつも顔合わせてるでしょー」

姫茴さんは露骨に嫌そうな顔をして「早くどっか行け」とでも言いたげだ。

きっと、「ヒメ」のミンスタにアップする写真を撮っていたところだったのだろう。

本当にマメだなぁと感心しつつも、少なくとも歓迎はされていないようだし挨拶《あいさつ》もそこそこに、その場を立ち去ろうとしたのだが……

「――姫茴さんもお花見に来てたんだね!?」

佐藤さんはそんなの意にも介さず、目をキラキラさせながら姫茴さんに詰め寄っている。

姫茴さんの「鬱陶《うっとう》しいから近寄るな」オーラなんてなんのその、だ。

「姫茴さん私服もオシャレなんだね!?　ところでどんな写真撮ってたの!?　私も桜撮りたいから参考に見せてほしいなーっ!　あ、それはそうと姫茴さん一人?　もしよかったら一緒にお花見しない!?　私たちも今ちょうど向こうの方でお花見してて麻世《まよ》さんの作ったサンドイッチもひばっちの作ったサーターアンダギーも絶品で……!」

「う、うるさいー!　近いーっ!」

たまらず姫茴さんは距離を取る。

……たぶん、姫茴さんみたいなタイプの人間にとって佐藤さんは天敵なんだろうなぁ。

「わたしに構わないでよー!　わたしは一人が好きなの――っ!」

「えっ、そうなの……?　姫茴さんって意外と人見知り……?」

「ハァッ!?　あんたにだけは言われたくないんですけどー!?　大体わたしなんかが加わったってみんな盛り下がるに決まってるでしょー!」

「……どうして？」

「わたしの知り合いがいないから気まずいじゃんって言ってんのー！」

「とりあえず立ち話もなんだし、一緒にお花見する？」

「話聞いてたー!?　というかアンタらデート中でしょー！　なんでわたしに構うのよーっ！」

「なんでって……お友だちだからだよ？」

「っ……！」

姫茴《ひめうい》さんが下唇を噛《か》んでわなわな震え……今度は俺の方へアイコンタクトを送ってくる。

「アンタのカノジョだろ、なんとかしろ」だ。

でも……残念ながら、佐藤《さとう》さんが見かけよりずっと頑固なのは、カレシである俺が一番よく知っているわけで。

「……まぁ確かに、お花見は人の多い方が賑《にぎ》やかでいいかもね」

「っ!?」

姫茴さんが「裏切り者め！」という視線を送ってきているが、見ないフリをした。

……ともあれこうなってしまえばもう、あとは佐藤さんの独壇場。

「じゃあ姫茴さんも一緒にお花見、しよ？」

「…………………っ」

必殺・上目遣い。

これを受けて姫茴さんは、苦虫でも嚙み潰《つぶ》したような表情になって……

やがて大きく溜息《ためいき》を吐き出した。

「分かった……分かったわよー！　一緒にお花見すればいいんでしょー⁉」

「やったっ」

小躍りする佐藤さん。これで十八人目、だ。

……どうやら今年の「お花見デート」はお預けらしい。

残念だけれど、姫茴さんの鬱陶《うっとう》しがる顔が、ほんの少しだけ嬉《うれ》しそうに見えたから、結果オーライということにしておこう。

こはるデータ
樋端温海の場合

——樋端温海《ひばたあつみ》、愛称はひばっち。

県立桜《さくら》庭《ば》高校二年A組、私のクラスメイトだ。

ここに私こと佐藤《さとう》こはるが、彼女と友だちになるためにこっそり調べたデータを記録する。

まず、沖縄生まれの彼女はすごく身長が高い。

もう少しで押尾《おしお》君と並ぶんじゃないのってぐらい高い。

しかし大きいのは身長だけじゃなくって、あの胸の、すごいふくらみも……

……いったい、どうしたらあれだけ大きくなるんだろう。

これは最優先で調べないといけない！

「なんかどれだけ寝ても眠いんだよねぇ、お布団も好きだしぃ、毎日9時間は寝るよぉ」

調べてみた結果、ひばっちはよく眠るらしいということが分かった。

寝る子は育つって言うし、これはかなり有力な情報だ！

……ただひばっちは家でたっぷり寝ているにもかかわらず、昼休みどころか授業中だってうつらうつらしているので、これは私には真似《まね》できない。

だって先生に怒られたらと思うと、ドキドキして寝るどころじゃないし……

もしかすると、このおおらかな性格がいいのかな？

「昨日は本当にびっくりしたよぉ、バスで寝過ごしちゃって、気がついたら知らない町に着いちゃっててぇ……」

ひばっちには臆病《おくびょう》な一面もあるけれど、それと同時に、ちょっとやそっとのことでは動じないマイペースさも兼ね備えている。

その、なんというかストレスフリーで「なんくるない」感じが成長ホルモンに影響してどうとか、こうとか……

とにかく試してみる価値はある！

「凛香《りんか》ちゃん！　私昨日バスで寝過ごしちゃって、気がついたら終点に……！」

「またやったの？　ホントにドジだね」

凛香ちゃんから可哀想《かわいそう》な人を見る目を向けられただけだった。

そういえばこの前素で寝過ごしたばかりだったということを忘れていた。どうやらおっちょこちょいと発育は関係ないっぽい。

じゃあ、食べ物だろうか!?

「好きな食べ物ぉ？　えーとねぇ、ゴーヤチャンプルーもサーターアンダギーも好きだしぃ、色々あるけどぉ……私、豆腐ようがいちばん好きなんだぁ！　沖縄の郷土料理でおばあちゃんがよく食べさせてくれたのぉ！　好き嫌いは分かれるけどねぇ」

豆腐よう！　初めて聞く食べ物だ！

その未知の食べ物がきっと、ひばっちのプロポーションの秘訣《ひけつ》なんだろう！

と、いうわけで早速買ってきました！　「豆腐よう」！

でも……

「…………………」

かれこれ30分近く、この飴色《あめいろ》の塊とのにらめっこが続いている。

……端っこをほんの少し削っておそるおそる口に運ぼうとしたら、強烈なアルコール臭と「なんくるなくない」香りが鼻にのぼってきて、静かに箸《はし》を置いた。

ひばっち、本当にこれが好物なの……？

「今帰った。……ん？　こはる、台所で何をしている」

あ、ちょうどよくお父さんが帰ってきた。

「お父さん」

「なんだ？」

「……父の日のプレゼントあげる」

「父の日？　あ、ああ、確かに少し早いが、そうだな、しかしまさかプレゼントとは……」

「ちょっとしゃがんで、口あけて」

「しゃがんで口を？　こうか――むぐぅっ!?」

箸でとった豆腐ようを丸々お父さんの口の中へ放り込んで、悶絶《もんぜつ》してる隙《すき》に走って逃げた。

「がっ……な、なんだこれはっ……！　喉《のど》が焼ける!!　毒!?」

台所からお父さんの悲鳴が聞こえてきたけど、私は知らないフリをして自室へ逃げ込み、スマホをいじり始めた。

翌朝――お父さんの身長は、なんと驚くべきことに五センチも伸びて――いたりするわけもなく、ただ二日酔いで青くなったお父さんがそこにいただけだった。

うん、どうやら豆腐ようもひばっちのプロポーションとはなんの関係もないっぽい。

謎《なぞ》は深まるばかりだ。

こはるデータ　丸山葵の場合

──丸山葵《まるやまあおい》、愛称はわさび。
初めはなんでわさびなんだろう？　と思ったけど、聞いたところによると丸山の「山」と名前の「葵」を合わせて「山葵《わさび》」なのだそうだ。初めて知った時は感動した。
ともかく、県立桜庭《さくらば》高校二年A組、私のクラスメイトだ。
ここに私こと佐藤《さとう》こはるが、彼女と友だちになるためにこっそり調べたデータを記録する。

まず、わさびはすごくオタクだ。

映画でも漫画でもアニメでも小説でも……とにかくなんにでも詳しい。

「ねーみおみお、昨日の『転セカ』七話観《み》た？　……見てない、あっそう。じゃあ朝日カンナ先生の新刊は……買ってない？　うーん……じゃあこの前テレビで放送された洋画……観た⁉　いやぁあれ相変わらず良かったよねーっ！　色褪《いろあ》せない良さがあるよ！　主演女優の名演もさることながら、革新的な撮影技法は今でも驚くばかりでね！　途中のシャワーシーンなんて私、初めて見た時はもうどうやって撮ったんだよって……」

自分の好きな話になると途端に水を得た魚。

わさびはその膨大な量の知識を湯水のごとく使って、一気に捲《まく》し立てている。

ちなみに聞き耳を立てていた私にはわさびの話が八割がた理解できず、人知れず落ち込んだ。

……友だちを作るには深い教養も必要なのだ。

というわけで、最後にわさびが言っていた洋画をレンタルしてきて、家で観てみることにしたわけだが……

パッケージを見て「へぇー結構昔の映画なんだぁ」なんて言っていたうちはまだ余裕があった。

「し……しぬかとおもった……」

内容がサイコ・スリラーだったもので何度か耐えきれず悲鳴をあげて、お母さんに怒られた。

結局怖すぎて途中で停止ボタン押しちゃったし……これじゃ意味ないよ！

再トライ！

「ねーみおみお、この前貸したあの邦画観た？　……観た!?　あれ良かったでしょ！　画面全体から漂ってくるじめじめしたいやらしさ！　エレベーターのシーンとかもう最高で……あれ？　タイトルド忘れしちゃった……ああそうだ！『仄見《ほのみ》える水の底から』だ！」

――『仄見える水の底から』、了解。

これはなんとツナちゃんがＤＶＤを持っているらしかったので、ありがたく借りさせていただいて、再び教養を深めようとしたんだけど……

「……っ！　……っ！」

今度はもう、声も出なくなるぐらい打ちのめされた。

いや、パッケージの時点で薄々感づいてたけど超ホラーじゃん!! ツナちゃんが持っている時点で察するべきだった!

めちゃくちゃ怖かった……

映画を観《み》た直後、しばらく水場へ近付くのが怖くてたまらなかった(幽霊が出そうなので)けど、ともかくまた最後まで観ていられなかった!

次こそ! 次こそ優しいヤツお願いします!! 再トライ!

「みおみお、今日は観てもらいたい映画があってさ、『サンタタンゴ』っていうんだけど……」

サンタタンゴ、了解!

私はすぐさま教室を飛び出して、近くのレンタルDVDショップへと向かった。

「……えっ、観ない? 評判は知ってる? じゃあなおさらなんで観ないのさー! 世界中で絶賛された超大作なのに……ホント、7時間なんてあっという間に過ぎるんだよー……」

教室でわさびがなにか言っていたようだったけれど、残念ながらすでに私の耳には届いていなかった。

深夜の電話

桜庭《さくらば》も、だいぶ暖かい日が増えてきた。

ゴールデンウィーク明けの中間考査に備えて自室でテスト勉強をしていた俺は、一度換気のために窓を開けた。

……夜風が気持ちいい。

それに、遠くの暗闇《くらやみ》で街灯に照らされる桜の木が見える。

ほとんど散ってしまっているけれど、立派な夜桜だ。

「……来年もまた佐藤《さとう》さんとお花見に行けたらいいな」

そんな恥ずかしい呟《つぶや》きがぽろっとこぼれた、まさにその時。

〝佐藤 こはるさんからの着信〟

「あっ」

狙《ねら》いすましたようなタイミングでスマホが震えた。

もちろん、カノジョから電話がかかってきて嬉《うれ》しくない男子などいない。

いない、けど……

「……こんな時間になんだろう？」

時刻は23時になろうというところ。

一般的な女子高生と比べて比較的早寝な佐藤さんなら、日によってはすでに床に就いている時間である。

それがなんの前置きもなく電話……嬉しいというよりむしろ心配する気持ちの方が強い。

なにはともあれ、出なくては。

俺は応答ボタンをタップして、

「もしもし佐藤さん？」

『あっ、おっ押尾《おしお》君？　よかった……はぁ』

佐藤さんの安堵《あんど》の溜息《ためいき》が聞こえてくる。

電話越しとはいえ、いきなり耳元に佐藤さんの吐息が吹きかけられたものだから背中が「ぞわわわわ」となってしまったが、なんとか平静を装った。

『ごめんね押尾君、こんな時間に急に電話なんて……寝てた……？』

「うっ、ううん!?　テスト勉強してて、ちょっと休憩してたところ、どうしたの？」

『うう、それがね……緊急事態で……』

「緊急事態……!?」

やっぱり何か大変なことに巻き込まれている!?

途端に気が気でなくなる俺に対して、佐藤さんは震える声で――

『こ、怖くてお手洗いに行けなくて……！』

「……お手洗い？」

電話越しで向こうの様子は分からないはずなのに、「かあああっ」と佐藤《さとう》さんの顔が真っ赤に染まる瞬間を幻視した。

夜中に電話をかけてきた理由が、怖くてトイレに行けない……？

『押尾《おしお》君ちょっと待って!?　ちゃんと説明するから引かないでっ!?』

「ひ、引いてないよ」

なんか可愛《かわい》い話が始まる予感はして、すでに頬《ほお》が緩みかけているけど。

『じ、実は今ツナちゃんの家にいて……』

「ツナちゃんの？」

ツナちゃんとは言わずもがな、後輩にして佐藤さんの親友の一人、十麗子《つなしれいこ》ちゃんのことだ。

この時間にツナちゃんの家、ということはお泊まりだろうか？

佐藤さんにしては珍しい、よくあの和玄《かずはる》さんが許してくれたものだ。

「それで？」

『この前、ツナちゃんから、その、怖いＤＶＤを借りてね？　そしたらツナちゃん、私がそういうのに興味を持ったと勘違いしちゃって……』

「うん」

『さっきまでツナちゃんの部屋で、ホラー映画の上映会をやってたの……』

『……ああー』

段々、話が呑《の》み込めてきた。

『で、でもツナちゃんが先に寝ちゃって、ゆすっても起きなくて……私、怖いの思い出してぜんぜん眠れないし、そ、そのお手洗いにも行きたくなっちゃって……でも、知らないおうちだから、トイレの場所も分からなくて、さっき見た映画思い出したら、なんか怖いのがそのへんにいそうで――押尾君？』

「…………んっ、ああ、うん、それは大変だね」

『今ミュートにしてなかった？』

「俺が？　変だな、指で触っちゃったのかな」

危ない。

怯《おび》える佐藤さんがあまりに可愛すぎて、マイクをミュートにして悶《もだ》えていたのがバレるところだった。

そんなのバレたら間違いなく佐藤さんは怒る。そりゃもうぷんすかと。

「とりあえず分かったよ、要するに佐藤さんがお手洗いにたどり着いて部屋へ戻ってくるまでの間、こうして電話越しに話してればいいんだね？」

『お恥ずかしながら……』

と、本当に心の底から恥ずかしそうに言う佐藤さん。

生理現象には勝てなかったのだろう。

ともあれ、事情は分かった。

「そういうことなら全然いいよ、ちょうど勉強も切り上げようと思ってたところだし」

『ほ、ホント!? よかったあ……ありがとう押尾《おしお》君! 本当に頼りになるよ!』

佐藤《さとう》さんは嬉《うれ》しそうに声を弾ませているけれど、気付いているだろうか? 俺が内心舞い上がっていることに。

まずカノジョから電話がかかってくるだけでも嬉しいのに、こんな風に弱っているカノジョから頼られて倍嬉しい。

——それに! 友達の家に泊まっているカノジョから夜電話がかかってくるというこのシチュエーション自体が、すっごく「恋人」っぽくて三倍嬉しい!!

『じゃ、じゃあ、お願いね? 押尾君……』

「うん、任せてよ」

まぁ、もちろんそんなはしゃぎはおくびにも出さずに、俺はカレシとして存分にカッコつけさせてもらうわけだけど。

『——じゃあ行くね』

佐藤さんはマイクを口元へ近づけ、いっそう声を潜めて言った。

どうやら佐藤さんは部屋を出たみたいだけど、俺はまたも不意打ちを食らい、人知れず背中

が「ぞわわわ」となっていた。

　無意識な佐藤《さとう》さんが怖い。

『うう、く、暗い……』

「大丈夫？　照明はつけないの？」

『こんな時間だし、勝手に人の家の電気をつけるのも気が引けて……』

「それもそっか」

『それに……大丈夫だよ！　ツナちゃんから懐中電灯渡されてるから！』

「……懐中電灯？」

　やけに用意がいいんだな……と思っていたら。

『きゃっ!?』

　佐藤さんの悲鳴、俺は途端に前のめりになる。

「どっ、どうしたの!?」

『な、何か草みたいなの触っちゃって……!?　……あ、よかったハーブの鉢植えみたい』

「なんだハーブか、よかった……うん？」

　……屋内でハーブ？

『すごーい、緑のと赤いのと青いのがある！　ツナちゃんの家族の趣味かなぁ』

　……赤いハーブと青いハーブ？

ずいぶん珍しい品種を育ててるんだなツナちゃんの家は……

『きゃっ!?』

「今度はなに!?」

『あっごめんごめん！　なんでもないよ！　廊下の甲冑《かっちゅう》に驚いただけ！』

「甲冑!?」

『トイレは……こっちかな？　あ、違う焼却炉だ』

「焼却炉!?」

家の中に甲冑と焼却炉があんの!?　どんな家だよ！

『このドア何か書いてある……REDRUM……赤いラム？　ヘンな落書き。……あれ、でもツナちゃんって確か一人っ子だったたと思ったけど……』

「ちょっ、待って待って佐藤さん、なんか怖いからむやみに何かに気付くのやめよう！」

これはただの勘なんだけど、俺も佐藤さんも無知だから助かってる気がする。

何が助かってるかっていうのは具体的に分からないけど、ともかく助かってる気がする。

『えへへ、なんかこうしてると探検してるみたいでワクワクするね……』

いや、ワクワクしてる佐藤さんはかわいいんだけど……まだトイレつかないの？

どんだけ広いんだツナちゃんの家、めちゃくちゃ気になってきたぞ。

『……そういえば押尾《おしお》君って怖いの苦手？』

「映像とかなら割りと平気かな、さすがに夜心霊スポットに連れていかれるとかは嫌だけど」

『凛香《りんか》ちゃんと二人でお化け屋敷に行くぐらいだもんね』

「ウッ!!」

藪蛇《やぶへび》。

「その節は本当にごめんなさい……」

『ふふふ、もう怒ってないよ』

こ、これはどっちだ……!? 電話口だとイマイチ分からない……!

どうも最近の佐藤《さとう》さんは、こうして悩む俺も含めて楽しんでる節があるから……!

『ねえ押尾《おしお》君』

「な、なに?」

『昔ツナちゃんが私たちに言ったこと覚えてる?』

「ツナちゃんが?」

『ほら、押尾君はホラー映画なら最後まで生き残れそうな顔ってやつ』

「ああー……」

そういえばお祭りの日に言われたっけ。

俺はホラー映画なら最後まで生き残れそうな顔で、佐藤さんは生き残れなさそうな顔とかなんとか。

「言ってたね、そんなこと、それが？」

『実はさっきツナちゃんと観《み》た映画、その……ゾンビ？　が出てくるやつでね、ゾンビ知ってる？　ゾンビに咬《か》まれると咬まれた人もゾンビになっちゃうの』

「……知ってるよ」

『それでね、主人公の男の人がいるんだけど、その人の恋人が咬まれてゾンビになっちゃうんだ。それで男の人は、すっごく困っちゃうの、恋人を殺すか、殺さないか……』

佐藤さんは、ここで一旦《いったん》言葉を切って、言う。

『――押尾君は、もしも最後まで生き残って、私がゾンビになっちゃったらどうする？』

「それは……」

言葉に詰まる。

……どうしてだろう。

佐藤さんのソレは単なる仮定の話で、ゾンビウイルスなんてものはもちろんこの現実世界には存在しないわけだから、俺はただ「佐藤さんだけは絶対に俺が守るよ！」とか、「そうなったら俺は佐藤さんと一緒に心中するよ！」とかそういう使い古されたキザなセリフを吐けばいいだけ。

佐藤さんだってカノジョとしてそれを望んでるはずだ。

……そのはずだって、分かってる。

だけど、でも……

「……佐藤《さとう》さん」

『うん？』

「少しだけ、ビデオ通話にできない？」

『え、どうして？』

「いや、なんか……」

もごもごと言いよどむ。

俺はカレシとして存分にカッコつける……つもりだったのに。

全部、佐藤さんが変なことを聞いてくるせいだ。

「……なんか、顔見たくなって……」

『──』

「……佐藤さん？」

『──』

「……え？　おーーい」

『──』

「…………………ミュートしてる？」

『え？　全然？　してないしてない、みゅーとってなに？』

……とぼけ倒す佐藤さん。

『……ふふ、実は私もちょうど押尾《おしお》君の顔が見たいなって思ってたの』

「えっ？」

『なんか怖い映画観《み》てたらね、どうしてか分からないけど、突然押尾君とお喋《しゃべ》りしたくなっちゃって……お手洗いっていうのもちょっと口実なのかも』

「……佐藤さん」

『怖いのはニガテだけど、押尾君となら、ちょっとぐらい我慢できるかも』

「……そっか」

『うん……』

「……」

『……』

「……」

『……あっ！　び、ビデオ通話だったよね!?』

きっと時間が経つにつれて恥ずかしくなってきたのだろう。俺も同じだ、耳まで熱い。

『ごめんね、今切り替えるから！』

「う、うん……」

……できれば今の顔は見られたくないけれど、自分から言い出した手前仕方ない。

俺はスマホを耳から離して、ビデオ通話に切り替える。

『……えーと、あったこれだ……！』

佐藤《さとう》さんもスマホを耳から離して、ビデオ通話をオンにする。

画面がインカメラに切り替わって、ディスプレイいっぱいに佐藤さんの顔が映し出された。

『あ、押尾《おしお》君、やっぴー』

佐藤さんが、いかにも照れ臭そうにお馴染《なじ》みの挨拶《あいさつ》を口にする。

「佐藤さん、やっ――」

そして俺もまたその挨拶を返そうとして……

「――えっ」

彫像みたく固まってしまった。

『……あれ？　どうしたの押尾君？　止まってる？　おーい……電波悪いのかな？』

違う。Wi-Fiは正常だ。

俺が固まってしまったのは、もっと別の理由。

『……？』

佐藤さんがゆっくりと後ろへ振り返って、そして俺と同じものを見た。

『――』

佐藤さんの背後からスマホを覗《のぞ》き込む、白い仮面の男を――

――とてもいい夢を見ていました。

おそらく寝る直前まで、こはるんと一緒に往年の名作ゾンビ・ムービーを観《み》ていたおかげでしょう。

ウイルスが蔓延《まんえん》し、ゾンビに支配された桜庭《さくらば》で、ナード《ホラーオタク》のボクが知恵を駆使して無双するんです！

でも一階から絹を裂くような、ものすごい悲鳴《スクリーム》が聞こえてきたせいですっかり目が覚めてしまいました。

「も――っ……なんですか？　せっかく気持ちよく寝てたのに」

寝ぼけ眼をこすりながら下の階に降りてみると、

「……」

死んだ蝉《せみ》みたく廊下の真ん中で転がるこはるんと、

「やっちゃった……」

そのすぐそばで情けない声をあげる、お父さんの姿を見つけました。

それを見ただけでボクはすぐに状況を把握して、はぁ――っと深い溜息《ためいき》を吐き出します。

「……パパ？　またお客さんを驚かしたんですか」

「えっ、いやっ、彼女がトイレを探してたようだから……その、声をかけてあげようとしただけで……ワタシは別に脅かそうと思ったわけじゃ……」

「だったらなんで毎回殺人鬼の仮面つけて出てくるんですか！」

「……喜んでくれるかと思って……」

「そんなの喜ぶのボクだけですよ！　まったく、久しぶりの来客だからって年甲斐《としがい》もなくはしゃいで……！」

仮面をかぶったまま、しゅんと肩を落とすお父さん。

本当、オタクっていう人種は人の気持ちを考える機能が欠如しています！

なにはともあれ、こはるんを起こそうとして……

「うん？」

彼女の手の内に、スマホを発見しました。

……ビデオ通話？　誰かと繋《つな》がっているんですか？

ボクはそのスマホを覗《のぞ》き込んで……

『……』

画面の向こう側で、死んだ蝉《せみ》みたく転がるソータ先輩を発見しました。

「……うーん、ソータ先輩、やっぱり最後まで生き残るの無理かもです。二人とも頼りないですねぇ……」

まったく、仕方ありません。

もしも桜庭《さくらば》でゾンビ・パニックが起きたら、このホラーオタクが特別に助けてあげましょう。

ゾンビものでリア充カップルが生き残るなんて、特例なんですからね。

感謝してくださいよ、二人とも。

円花の弱味

「ね〜〜円花《まどか》ちゃ〜〜ん、肩揉《も》んで〜〜」

「え〜〜〜このへんっスか?」

「いや揉むのかよ」

俺こと三園蓮《みそのれん》は、我が愚姉・三園雫《しずく》と幼なじみの村崎《むらさき》円花のやりとりを前にして、ガラにもなくツッコんでしまった。

もちろんそんな雑なノリで肩を揉ませる姉ちゃんが一番悪いのだが、そんな雑なノリで大人しく肩を揉んでやる円花も円花だ。

「舎弟なのか?」

「べ、別にそんなんじゃねーよ、アタシはただ暇だから……」

「円花ちゃん、もっと強くね」

「うっす」

「舎弟だろこれ」

「あ〜円花ちゃん、肩揉みはもういいから、コーラ買ってきてコーラ」

「え〜〜〜〜〜〜〜缶でもいいっスか?」

「円花は姉ちゃんになにか弱味でも握られてるのか?」

とか言っている間に円花は原チャに跨《また》がって、そのまま我が愚姉に献上するコーラを手に入れるため発車してしまった。

普段あれだけ凶暴で血の気の多い円花が、びっくりするぐらい素直に姉ちゃんの言うことに従っている。というかパシられている。

実はこれは今回に限った話ではなく、前々から不思議に思っていたわけだが……いったいどういうカラクリなんだ？

「ふ、ふ、ふ、どうしてあの円花ちゃんが私の言うコトを聞くか、気になっているようだね我が弟よ」

「気になるね、法に触れるようなことはしてないだろうな」

「へ〜〜ん、そんなイヤミ言ってられるのも今のうちだよ、果たしてこの感動エピソードを聞いても同じことが言えるかな⁉」

「感動エピソードだぁ？」

「そうとも！　あれは今日みたいに穏やかな春の日差しに包まれた……」

「面白くなるところから話してくれ」

「ぎぃ――――っ！　昔イジめられてた円花ちゃんを助けたことがあんのよ！　私が！」

「円花がイジめられてたぁ？　いつの話してんだよ？」

「え――と、円花ちゃんが緑川《みどりかわ》に引っ越す前だったから……小学四年生の頃？」

「そんな昔のことに恩を感じてんのかアイツ!?」

「でしょ〜〜〜、円花《まどか》ちゃん意外と義理堅いのよ」

「てか、イジめられてたってなんだよ、俺そんな話聞いたことないぞ」

「そりゃそうでしょ！　円花ちゃんから『蓮《れん》にだけは絶対に言うな！』って口止めされてるんだから！」

「は？」

「アンタ薄情だから覚えてないでしょうね〜、昔は円花ちゃんとアンタべったりだったじゃん？　遊ぶ時はもちろんお風呂《ふろ》だって一緒に入ってたんだから」

「幼稚園の時の話だろ……」

「でもそのせいで円花ちゃんは蓮のことを好きだった同じクラスの子たちからイジめられちゃってさ〜、そんな時に現れたのが私！　並みいる敵をバッタバッタとなぎ倒し、見事円花ちゃんを救出したわけよ！」

「……ちょっと待て、それ中学生が大人げなく小学生をボコボコにしたって話にならねえか？」

「細かいことはいいじゃない！　でね！　でね！　こっからが傑作でさ！　円花ちゃんボロボロ泣きながら『レンとけっこ……

「——なんの話してんスか？　雫《しずく》さん」

「あ……」

ぶしゅっ、という音が鳴り、姉ちゃんの顔がさーっと青ざめる。
姉ちゃんの背後には、コーラの缶を握りつぶした円花が立っていた。

佐藤さんとハート

私、佐藤《さとう》こはるは生まれてこの方、一度も「ゲーム」と呼ばれるものに触れたことがない。

お父さんがその手の娯楽に対して厳しい……

というわけでもなく、純粋に私自身それほど興味がなかったせいだ。

なんだかあれは、私にはけっこう難しそうなものに見えた。

私はしっかりとお母さんの血を引いていて、要するに機械オンチなんだ。

そんなわけで今日の今日まで、一切ゲームに触れない生活を送ってきた私だけれど……十七年生きてきて、はじめて触れたとあるゲームにドハマりしてしまった。

『クムクム』

スマートフォン専用の無料アプリであり、タップ・スワイプ操作のみでできる直感型パズルゲーム——と公式サイトには書いてあった。

それというのもこの前、従姉妹《いとこ》の凛香《りんか》ちゃんから、

「こはるー、もう少しでクリアできそうなのにハートなくなっちゃったから送ってくんない？……え？　こはるクムクムやったことないの？　うっそマジ？　今時そんな人いるんだ。じゃあいいや、ほらスマホ貸して」

そんな風に半ば無理やりスマホへアプリをインストールされてしまったのが発端だ。

「私、ゲームやったことないんだけど……」

ぶつくさ言いながら、無料とはいえせっかくダウンロードしたんだから、少しぐらい……と軽い気持ちで触れてみたら、自分でもびっくりするぐらいハマってしまった。

そんなわけで私は今、日曜日の昼間からベッドで寝転がって、スマホの上に忙《せわ》しなく指を滑らせている。

でも……

「あ、あれ？」

一心不乱に指を滑らせていたところついに〝ハート〟が切れてしまった。

ハートというのは、要するにこのゲームの制限回数を表したもので、これが切れてしまうと、時間経過によるハートの回復を待たなくては次のゲームに挑戦できない。

次のハートが回復するのは、おおよそ10分後だ。

たかが10分、されど10分。

待つだけの10分は意外と長い。

「……」

一応、このゲームにはフレンド登録されている他のプレイヤーからハートを分けてもらう機能があるが、私にこのゲームを勧めてきた当の凛香ちゃんはとっくにゲームに飽きてアプリ自体アンインストールしてしまったらしいし、どうしたものか……

私がしばらく画面とにらめっこをしながら「うーーー」と唸《うな》っていると、ふいにぽこんと通知が入った。

そこには〝押尾《おしお》颯太《そうた》から　ハートが送られてきました〟とある。

「あれっ？　押尾君もこのゲームやってたんだ……」

そういえば凛香《りんか》ちゃんが「このゲームはＭＩＮＥ《マイン》と連携してるから、ＭＩＮＥで友だち登録している人とは自動でフレンド追加されるよ」とか言っていた気がする。だとしたら押尾君も私がこのゲームをやっていることは知っているはずだ。

なんにせよ念願のハート！

私は押尾君からもらったハートをありがたく受け取り、いざもう一度ハートを消費して「めざせ新記録！」とやろうとしたところ……

「……これ、押尾君のハートなんだよね……」

直前で手が止まった。

もちろん、分かってはいる。

このハートに深い意味なんてなく、ミンスタで言うところの「いいね」と同じで、ほとんど挨拶《あいさつ》のような軽いものなのだと。

でも……

「……とっておこ」

一人呟《つぶや》いて、アプリを閉じる。

……私もたいがい気持ち悪い。

父の日

父の日を来週に控えた今日。

夕暮れのcafe tutujiでは、テラス席の一角で作戦会議が開かれていた。

メンバーは俺、佐藤《さとう》さん、雫《しずく》さん、麻世《まよ》さん、蓮《れん》。

要するにいつもの「放課後駄弁《だべ》り」メンバーだ。

ちなみに今回の議題は父の日に何をプレゼントすべきか、なのだが……

「清左衛門《せいざえもん》さんには筋トレグッズでいいんじゃないのぉ」

なんて、パンケーキをつつきながら投げやりなことを言うのは雫さんである。

……絶対に誰か一人は言うと思っていたけれど、案の定。

「……あのですね、雫さん」

俺は努めて丁寧に説明する。

「確かに俺の父さんは寝ても醒《さ》めても筋肉のことばかり考えている筋肉ダルマです。好きな物を筋肉の部位で喩《たと》えるような筋肉オタクぶりです。ですが逆に考えてみてください」

「逆に?」

「たとえば雫さんに、古着にそれほど詳しくないカレシがいたとしましょう。そのカレシが古着好きな雫さんのために、どこかよく分からない古着屋でサイズもデザインもブランドもテキトーに選んだ服を買って、それをプレゼントしてきたら……どう思います？」

「えーとね、ぶっ殺す!!」

「過激すぎる！」

「……あっ！　思い出したらメキメキ殺意が湧《わ》いてきた！　あの男今からぶっ殺してこよ！」

「コラ！　抑えなさい雫っ！　颯太《そうた》君もうかつに雫の地雷踏まないで！」

「まさか本当にそういう元カレがいたとは知らなかったんです……」

……まぁ、それはともかく、

「要するに、素人が安直に筋トレグッズを贈っても父さんは喜ばないってことですよ」

「こだわりとかありそうだしな」と蓮が付け加える。そういうことだ。

父さんのことだから息子からのプレゼントならなんでも喜んではくれるだろうけど、それで望まない筋トレグッズを無理に使わせるようなことになれば本末転倒だ。

父さん、ボディメイクに関しては命をかけてるからなぁ……

「そもそも必要な筋トレグッズは全部自分で揃《そろ》えちゃってるんですよね、ジムにも通ってるし」

「ま、どっちにせよ高校生の財力じゃ大したもんは買えねえな」

「プロテインはどう？」と麻世さん。

確かに、父さんはことあるごとにプロテインをシャカシャカやっている印象があるけれど、

「それも考えました、父さんが飲んでるプロテインの銘柄は分かってますし……でも、普段

使ってる消耗品をプレゼントとして渡すのもイマイチというか……」

「うーん、それもそうね、特別感に欠けるかも」

「食べ物系もダメそうだね……押尾《おしお》君のお父さん、すっごい厳しく食事制限してるし……」

佐藤《さとう》さんの言う通り、一日三食パンケーキを食し、あとはゆで卵と茹《ゆ》でブロッコリーと茹でささみしか食わないような超絶ストイック人間にヘタな食べ物は渡せない。

となると……

「……ウチの父さん、なに喜ぶんだろ？」

一人息子である俺が見当もつかないのだから、皆も首をひねってうんうん唸《うな》るばかりだ。

……ちょっと、考え方を変えることにしよう。

「蓮《れん》は父の日、お父さんになにかあげるのか？」

「うーーん、ウチの親父は古着の買い付けに出てて、ほとんど日本にいねえからなー」

「まぁ運よく会えたらご飯一緒に食べに行くぐらいかなぁ、ウチは」

三園《みその》姉弟は、食事に行く、と……

「麻世《まよ》さんは？」

「私は花を贈るかしら、たまにアロマキャンドルとか、テラリウムとかも」

麻世さんらしいオシャレなチョイスだ。

なるほど、それも候補としてアリだな……

麻世さんの働くhidamariはこういう雑貨も取り扱ってることだし、いざとなればここで見繕ってもらおう。

「佐藤さんは？」

「もうあげたよ」

「えっ、もう？」

「うん」

父の日までまだ一週間以上あるけど、ずいぶん気が早いんだなあ。

「にしても和玄《かずはる》さんが喜ぶものって全く想像つかないなー、何あげたの？」

「えーーと……豆腐……」

「豆腐？」

ずいぶんと不思議なものをプレゼントしたんだな、佐藤さんは。

いやでも専門店で買った高級豆腐はスーパーで売ってるものとはまるで別物と聞くし、親バカの和玄さんのことだ、娘からもらったものならなんだって喜ぶだろう。

ということは、未《いま》だに父の日のプレゼントが決まってないのは俺だけか……

「何あげたら喜ぶんだろ、父さん……」

高校生の財力でも買えて、超絶ストイック人間な父さんがもらってうれしいもの。

そんなの本当にあるのだろうか？

あと贅沢かもしれないけど、渡すからには父さんならではってものがいい。

難しいことだろうが、なんとしても考えたいのだ。

だって父さんは母さんを亡くしてからというもの、男手ひとつでお店を切り盛りして、なおかつ俺をここまで育ててくれたのだから。

少しでも恩を返したい。

高校生が何を生意気なと思われるかもしれないけれど、それでもなにかしらの形で……

「──あっ」

「何か思いついたの？　押尾《おしお》君」

「……佐藤《さとう》さんの顔を見たら閃《ひらめ》いた」

「へっ？」

素《す》っ頓狂《とんきょう》な声をあげる佐藤さんをよそに、俺はスマホを手に取り、ある人物へ連絡することにした。

──佐藤和玄《かずはる》。佐藤さんのお父さんだ。


そして一週間後の父の日。

「すっかり梅雨入りだねえ」

父さんが窓の外を眺めながらしみじみ言う。

父さんのデカすぎる広背筋のせいで俺の位置からは見えないけれど、しととという雨音は聞こえる。連日長雨が続いていた。

cafe tutujiはアクセスやガーデンカフェという特性上、この時期の客入りは悪く、簡単に言えば暇で仕方がない。今日だってまだ、一人もお客さんがきていないのだから。

「多分もう今日はお客さんこないだろうし、ちょっと早めに店仕舞いしちゃおっか」

父さんが店先のプレートをひっくり返して「open」から「closed」に入れ替える。

「颯太《そうた》、今日もありがとう」

「お礼を言われるほど、何かしたわけじゃないけど」

「いてくれるだけで助かるんだよ、ほら、あとは父さんが片付けておくから休んでいいよ」

「うん、分かった」

じゃあお言葉に甘えて……俺はキッチンに向かった。

父さんが訝《いぶか》しげにこちらを見る。

「？　洗い物も父さんがやるよ」

「そうじゃなくて、作りたいものがあるから」

「作りたいもの？」

父さんが首を傾《かし》げる。本当にダルマみたいだな。

「まぁそこで座って待っててよ、あ、プロテインを少し借りてもいい？」

「プロテインを？　別にいいけど……」

「ありがと」

俺は父さんが海外から取り寄せているバカでかい容器の中から、プロテインパウダーをふたすくいほど頂戴した。

問題は、再現度だ。

曲がりなりにもウチのお店の売りはパンケーキ、材料は揃《そろ》っている。

和玄《かずはる》さんから聞いた限り、それほど難しくはないようだし、失敗はしないだろうけど……

「こればっかりは信じるしかないよな……」

ボウルの中にプロテインパウダー、卵と無脂肪ヨーグルトを落とす。

そしてこれをかき混ぜながら、俺は記憶をたどった。

幼い頃の微《かす》かな記憶と、そして父さんの口から聞かされるあの人を。

……あの人なら、どれぐらい混ぜるかな？

きっと優しい人だろうから、せめてふんわりと仕上がるよう空気を混ぜるはずだ。

そして、あのストイックな父さんに食べさせるのだから味は薄めで。

焼き加減は、少し火を通しすぎないぐらい——

「——できた」

俺は出来上がったそれを皿に移す。

……できた、んだよな……？

見れば見るほど不安になるけれど、和玄さんから聞いた通りの見た目ではある。

半信半疑ながら俺は、この皿をテーブルで待つ父さんの下へと運んだ。

「はいこれ、父の日のプレゼント」

「……これは」

父さんが皿の上のソレを前にして、目を見開く。

これこそ俺が閃《ひらめ》いた父の日のプレゼント。

高校生の財力でも買えて、超絶ストイック人間な父さんがもらってうれしくて、なおかつ父さんならではというもの。

――プロテインパンケーキ。

つまり……

「……母さんが学生時代に作ったパンケーキだ」

「ちゃんと再現できているか分からないけど」

佐藤《さとう》さんとの初めてのデートに行った日、一度だけ、聞かされたことがある。

学生時代の和玄さんが所属するアメフトサークルで、マネージャーの立場を利用し、隠れてプロテインを盛った挙句、追放された女性のことを。

そしてそののちに父さんの所属するスイーツ同好会へと流れつき、プロテイン入りのパンケーキを振舞った、筋肉フェチの女性のことを。

これはその女性が作ったという、プロテイン入りパンケーキの再現である。

「見た目の再現度がカンペキだ……一体どうやって!?」

「和玄《かずはる》さんに訊《き》いた、あの人も母さんの被害者の一人だし」

「そ、そうか……それにしてもこれは」

「いいから食べてみてよ、ぶっちゃけ味まで再現できてるかは自信ない」

「……分かった」

フォークを構える父さんの表情は、どこか真剣で、そしてほんの少しの恐れを感じさせた。

「……」

父さんの突き立てた銀のフォークが、黒っぽいパンケーキの生地に沈む。

そして父さんは、一口大に切り取ったソレを口へ運んで……咀嚼《そしゃく》した。

「……」

険しい顔の父さんは、舌の上のソレを確かめるように、遥《はる》か記憶の底を探るように、両目を固く閉じて、口元だけを上下させる。

そしてたっぷり時間をかけて、ソレを呑《の》み込むと、

「……まずい」

と一言。

強張《こわば》った顔面を綻ばせた。

「──母さんの作ったやつにそっくりだ！」

「よっし！」

俺はガッツポーズを作って喜ぶ。

父さんは「まずいまずい」と言いながら、次々と切り分けたパンケーキを口へ運んでいった。

「もうね、パッサパサだよ！　無脂肪ヨーグルトで申し訳程度にしっとりさせてるけど、それでも全然呑み込めない！　見た目も悪いし、味にも深みがない！　まずすぎ！」

文句を言いながらも、しかし父さんは──喜んでいた。

なんせそれは父さんと、今はいない母さんの思い出のパンケーキだ。

これが俺なりの父の日のプレゼントだ。

「いつもありがとう父さん……はは、改めて口に出すと照れ……」

「ムぐ……ゴフォッフォ!!」

「父さん!?」

父さんが突然、両目をひん剥《む》いてむせ始めた。

まるで興奮した暴れ牛みたいな迫力である。

マズイ!!　プロテインケーキのあまりのパサパサ具合に父さんが殺されかけてる！

「とっ、父さん!?　ちょっと待って水持ってくるから!!」

父の日のプレゼントで父親を殺したとなれば、洒落にならない！

俺は慌てて父さんの元を離れ、キッチンへ向かった。

「げほっげほ……ハァ……」

「はぁ――危なかった、もう少しで泣いちゃうところだった……」

「……そっくりだけど、違うよ颯太《そうた》」

「このパンケーキは、昔母さんが作ってくれたやつより、ま、まずくない」

「母さん、颯太は良い子に育ったよ……」

にらめっこ

「こはるちゃんって、にらめっこが得意なんだって?」

私、佐藤《さとう》こはるが〝cafe tutuji〟の特製パンケーキに舌鼓を打っていたところ、同席していた雫《しずく》さんが言った。あまりの突拍子のなさに数秒ほど固まってしまう。

にらめっこが得意? 私が?

……え? なんで?

「ああ、それ私も颯太《そうた》君から聞いたわよ」

「押尾《おしお》君が……?」

隣に座る麻世《まよ》さんの一言に、私は眉間《みけん》へ刻まれたシワを更に深くする。

当の押尾君は今まさに接客中なので確認する術《すべ》はないけれど……これっぽちも言った覚えがない。

そもそも私はにらめっこ自体ほとんどしたことがないのに、一体どこからそんな情報が……

私が「う――ん……?」と首を捻《ひね》っていると、雫さんはおもむろに立ち上がって、大きく鼻を鳴らす。

「このにらめっこクイーンを前にしてにらめっこが得意だなんて、こはるちゃんも大きく出たね! 私の変顔にかかれば大の男でもたちまち腹がよじれるほど笑い転げ、本当にお腹を壊すとまで言われているのに」

「暴君じゃない」

「なんとでも言うがいいさ」

麻世さんの呆《あき》れ声もなんのその、にらめっこクイーンこと雫さんは私に正面から向き直る。

そして……

「にーらめっこしましょ!!」

「えっ、わっ!?　ちょ、雫さんっ……！」

「あっぷっぷ!!」

制止もむなしくお馴染《なじ》みの掛け声がかかり、私は慌てていっぱいに頰《ほお》を膨らませ、渾身《こんしん》の変顔を披露する。

でも、対するにらめっこクイーンはどういうわけか変顔を作る気配なんて微塵《みじん》もなく、にやりと不敵に口元を歪《ゆが》めて、スマホをこちらへ向けると……

「はい、チーズ」

「えっ？」

ぱしゃり、と軽い音が鳴って、私の渾身の変顔が雫さんのスマホへと保存されてしまった。

「おやおや可愛《かわい》らしい変顔ですこと、押尾君に送っちゃおうかな」

「やめてくださいっ!?」

私と雫《しずく》さんのにらめっこはおいかけっこへと変わり、挙句、私の変顔写真は、無情にも押尾《おしお》君の下へと送信されてしまった。やっぱり暴君だ。

スイカ割り

「海と言えばスイカ割り！　さあ集まれ少年少女たち！」

燦々《さんさん》と降り注ぐ日差しの下、高らかに言ったのは水着姿の雫《しずく》さんだ。

いったいどこから調達してきたのか、彼女の腕の中には大玉のスイカがある。

しかし少年少女たち（俺たちのことだ）の反応は芳《かんば》しくない。

「あたしはパスです、疲れました」

「私も～お酒飲ませて」

「む――ノリが悪いな若人諸君」

水着姿の凛香《りんか》ちゃんと、同じく水着姿の麻世《まよ》さんが言い、雫さんは不満げに口を尖《とが》らせる。

しかしそれもまた当然のことだ。

むしろついさっきまで夏の海をこれでもかと遊び倒して未《いま》だ元気いっぱいな雫さんの方がおかしいんだ。

「し、雫さん……少し、休みませんか……」

最後、息も絶え絶えに声をあげたのは佐藤《さとう》さん。こちらも当然水着姿だ。

元々それほど体力に自信のない方だろうに、ペース配分を無視してはしゃぎまくった挙句がこの結果だ。

荒い息遣いと、紅潮した頰《ほお》、大きく開いた胸元に伝う汗の雫、そして白い太腿《ふともも》に張り付いた光る砂粒……俺はたまらず目を逸《そ》らす。

ヤバい、なんか妙な気分になりそうだ。

そんな俺をよそに、雫さんはずんずんと大股《おおまた》に佐藤さんへ詰め寄って……

「えいっ！」

「し、雫さん!?」

有無を言わせず、佐藤さんに目隠しをして、強引にその場から立ち上がらせてしまう。

そして自前のバットを握らせると、手拍子とともに声を張る。

「はい！　こはるちゃん回って！　はい！　はい！」

「雫さん!?　わ、私休みたいんですけどぉっ……！」

とかなんとか言いながら、手拍子に合わせてその場でぐるぐる回り始める佐藤さん。

律儀にやらなくてもいいのに……というかまだ雫さんの腕の中にスイカがあるんだけれど、それはいいのか？

「はいストップ！」

雫さんがひときわ大きく手を叩《たた》いて、回転を止める。明らかに回りすぎだ。

「あわ、わわわ……」

案の定、佐藤さんはすっかり平衡感覚を失ってしまい、もはや立っていることすらままならない様子だ。

右へふらつき、左へふらつき、一本足になっても、ギリギリのところで倒れない。

これを見ていた雫《しずく》さん、麻世《まよ》さん、凛香《りんか》ちゃんの三人が揃《そろ》って「おぉーっ」と感嘆の声をあげた。くどいようだが、スイカはまだ雫さんの手の内にある。

なんだか趣旨が変わってしまっているような気がする。

「こ、ここっ！」

佐藤《さとう》さんがふらふらとバットを振り下ろしたけれど、違う、そこには砂しかない。また佐藤さんのふらふら歩きが始まった。

「……雫さん、そろそろスイカセッティングしてあげないと佐藤さん一生砂浜を彷徨《さまよ》い続けますよ……ってあれ？　雫さん？」

「呼んだ？」

突然姿を消したと思ったら、雫さんはいつの間にかパラソルの下に移動していて、スイカに包丁を入れている。

……えっ？　なにしてんのこの人？

「ああ、いや、ずっとスイカ見てたら早く食べたくなっちゃって」

「自由すぎるでしょ」

「雫はずっとこんな感じよ」

「ここっ！」

呆《あき》れ返る俺たちの背後で、再びバットが砂を叩《たた》く音がした。

クラゲ

「そういえば私、まだ海で泳いでない」

水着姿の佐藤《さとう》さんが、砂浜で文字通り右往左往する小さなカニを見下ろしながらぽつりと呟《つぶや》いた。

スイカ割りやビーチバレーなどでひとしきり遊んだ後、雫《しずく》さんと麻世《まよ》さんが本格的にお酒を呑《の》み始めて、なんとなく場の雰囲気がぐだつきはじめた頃のことだった。

言われてみれば確かに。

電車に乗ってまで海水浴へ来たのに、俺たちはまだ一度も海で泳いでいない。

「せっかくだし泳ぐ?」

「でも私……」

佐藤さんが恥ずかしげに口をもごもごとやった。その仕草でなんとなく察する。

「もしかして佐藤さん、泳げない?」

頰《ほお》を赤らめ、こくりと頷《うなず》く佐藤さん。

可愛《かわい》いな……じゃなくて、それなら話が早い。

「じゃあいい機会だし泳ぎ方教えようか」

「いいの!?」

「もちろん」

そんなわけで俺と佐藤さん、マンツーマンでのスイミングレッスンが始まった。

とはいえ水泳大会に出るわけでもなし、教えるといってもあくまで遊びのレベルでの話だ。

今はギリギリ足が届く程度の浅瀬で水に浮かぶ練習をしている。

「こ、こうかな押尾《おしお》君？」

「そうそう、うまいね」

水面から出た佐藤さんの顔にはまだ少し緊張の色が見えるが、それでもちゃんと浮いていた。もう手を離しても平気なようだ。

なんとなく佐藤さんはこういうのが苦手な印象があったんだけど、意外と呑み込みが早い。

元々泳ぎのセンスがあったのだろうか？　それとも……

「……」

俺の視線が、自然と彼女の胸元へ吸い寄せられてしまった。

……あれだけ大きいと浮くのだろうか。やっぱり。

「気持ちいいねえ押尾君」

佐藤さんはそんな俺の視線に気付いた様子はなく、楽しそうに波間で揺れている。

もちろん胸のソレもぷかぷか揺れ……慌てて視線を逸《そ》らした。

いやいやいや……たとえカレシだとしてもよろしくない、こういうのは……

なんだか人知れず悶々《もんもん》としてしまっていると、おかしなことが起こった。

「ひっ!?」

気持ちよさそうに波へ身を任せていた佐藤《さとう》さんが短い悲鳴をあげ、何故《なぜ》かこちらを見た。

どうしてだろう?　頬《ほお》がほんのりと朱色に染まっている。

「お、押尾《おしお》君!?　ダメだよそういうのは!」

「えっ!?」

マズイ!　胸を見ていたのがバレた!

これは嘘《うそ》でも「見てないよ」と言うべきなのか、それとも素直に白状した方がいいのか!?

なんてことを逡巡《しゅんじゅん》していると——

「ひゃっ!?」

佐藤さんがびくりと身体《からだ》を震わせ、またも奇妙な悲鳴をあげた。

彼女の顔面は今や耳の先まで真っ赤に染まって、茹《ゆ》でダコのようだ。

「お、おおおおっ押尾君!?　だ、ダメだってばこんなみんなの見てる前でっ!?」

「……うん?」

どうにも様子がおかしい。胸を見ていたのがバレたわけではないのか?

首を傾《かし》げていると、佐藤さんはもどかしそうに、それでいて恥ずかしそうに「うううっ」

と唸《うな》っている。

この佐藤さんは知っている。何か伝えたいことがあるのに感情が先走ってしまって、言葉が出てこない時の佐藤さんだ。

するとまた。

「ひゃんっ!?」

佐藤さんの身体がおもちゃみたいにびくんと跳ねた。

……なんだ？　水面下で何か起こっているのか？

不思議に思って海中を覗《のぞ》き込もうとしたところ、佐藤さんの焼石みたいに熱くなった手でいきなり肩を掴《つか》まれた。

「ダメ！　なんですけどっ!?　時と場所！　時と場所があるからっ!!」

驚いて彼女を見ると、その顔面は今にも爆発しそうなぐらい真っ赤になっている。

「本当に意味が分からない！」

俺の肩を前後にがくがくと揺さぶって必死で何かを伝えてこようとする佐藤さんだが、何を言わんとしているのかが本当に、これっぽちも分からない！

佐藤さんはまたも「うううううっ！」と唸ったのち。

「さ、さっきから足とかおお、お尻《しり》とか触ってるでしょ!?　そういうのよくないからっ!?」

「はっ!?」

足とか、お尻とか!?

つい胸を見てしまっただけなのに身に覚えのない余罪が増えまくってる！

「し、してないよ！」

「でも今近くに押尾《おしお》君しかいないし！」

必死で否定する俺と、顔を真っ赤にして追及してくる佐藤《さとう》さん。

そんなやりとりを続けていると、おもむろに、水中からぷわりとあるものが浮かんできた。

それは、一匹のクラゲだ。

「あっ……」

どうやらさっきまで自分の身体《からだ》へ触れていたものの正体に思い至ったらしい。

佐藤さんは照れ臭そうに笑いながら、

「ご、ごめんね押尾君、私の勘違いだったみたいで……」

――と、ここまで言ってから彼女は再び水面を漂うクラゲを見た。

彼女の表情は見る見るうちに強張《こわば》っていって……

「――クラゲっ⁉」

「うわっ⁉」

佐藤さんが本気の悲鳴をあげて、俺に飛びついてくる。

その時、力いっぱい抱きしめられたものだから、胸のソレが思いっきり押し付けられて一瞬で頭が真っ白になってしまった。

「佐藤《さとう》さん⁉　ちょっ⁉　当たってる‼」

「さ、刺される‼　酢をかけられるっ！」

こちらの声がまるで届いていない！

ついさっき、俺の父さんがクラゲに刺され、代わる代わるに酢をかけられた話をしたためだろう。佐藤さんは「酢をかけられる酢をかけられる」と必死で暴れている。

その際、ソレやらアレやら、色んな柔らかい部分が俺の身体《からだ》に触れ……

「酢！！！」

「なにやってんだお前ら！」

——危うく二人して溺《おぼ》れかけたところを、蓮《れん》に助けられた。

その一件からしばらく、佐藤さんは海へ近寄ろうとはしなかった。

型抜き

八月二九日、お祭り当日。

「押尾《おしお》君、あれなに？」

浴衣姿の佐藤《さとう》さんとともに露店を見て回っていた時のことだ。彼女はおもむろに立ち止まり言った。

彼女の視線を追ってみると、そこには細長いテーブルとパイプ椅子《いす》がずらりと並んでおり、集まった子どもたちが真剣な表情でテーブルにかじりついている。

全体的に浮かれ気味な夏祭りの雰囲気とは打って変わり、ひりつくような緊張感の漂う一角。

これは……

「型抜き、だね」

「かたぬき？」

「ああ、型抜きっていうのは……ほらああいう板状の薄いお菓子に描かれている模様を針で綺麗《きれい》に抜き出すっていう、そういう遊びなんだよ」

「……それ、楽しいの？　わざわざお祭りに来てまでやること？　家でやればいいんじゃ……」

「うっ……」

別に悪気はなく、ただ純粋に疑問に思っているだけなんだろう……

でもお店の前でそんなにはっきりと言わないでほしい！　確かにそれだけ聞くとつまらなそうだけど！

「う、上手《うま》く型を抜けると賞金が出るんだよ！　難しい型ほど賞金も高くなって……！」

「へええ、賞金なんて出るんだ」

「でしょ？　せっかくだし一回ぐらいやってみる？」

「えーでも……」

「……やっぱりつまらなそう？」

「いや、そうじゃなくて……」

佐藤さんは何を思ったのかそこで一旦《いったん》溜《た》めて、くすりと笑い……

「──たぶん私、ふつうに成功しちゃうよ？」

あっ、これ佐藤さんいつもの調子乗りモードに入っちゃったな。

「そ、そっか、じゃあ買ってくるね……」

「あ！　いいよいいよ！　ここは押尾君の分も私が奢《おご》ってあげるから！」

「えっ!?　悪いよ！」

「大丈夫！　だって……」

佐藤さんは、ここで更にもう一度溜めて、

「だって賞金、出るんでしょ？」

絵に描いたように調子に乗っているので、俺は苦笑いをするしかなかった。

きっと型抜きに熱中する小学生たちを遠目に見て、「これなら自分でもできそうだ」と踏んだのだろう。

……でも、佐藤《さとう》さんは勘違いをしている。

型抜きっていうのは、確かに一見は簡単そうに見えるけど、本当は高い集中力と手先の器用さが要求される遊びだということを。

結局、佐藤さんがそれに気付いたのは、三枚目の型を威勢よく真っ二つにしてしまった、そのあとのことであった。

「〜〜〜〜〜〜っ!!」

佐藤さんが地団太を踏み、声にならない叫びをあげる。

まさかこんなにも夢中になるとは思わなかった……

「も、もう一枚っ……!」

「佐藤さん、そろそろやめたら……?」

「大丈夫！　次チューリップの型を抜けたら今まで負けた分取り返せるから！」

「そ、そう……」

佐藤さん、絶対にギャンブルとかやらせちゃダメなタイプだな……

的屋のおじちゃんから型を買う彼女のムキになった背中を見つめながら、俺はしみじみと思った。

……あれから20分。

佐藤さんが六枚目の型を粉々にした。

「～～～っ!?」

佐藤さんが声にならない叫びをあげ、地団太を踏む。

飛行機の型はものの数秒で主翼をへしおられ、あっけなく撃墜されてしまった。

佐藤さんの壊滅的な不器用さときたら、いっそ感心してしまうほどだ。

「お、押尾《おしお》君……っ」

佐藤さんが涙目でこちらを見つめてくる。

ついさっきまで余裕たっぷりだったのに、今となっては雨に打たれた子犬のような哀れっぽい表情を晒《さら》している。

ちなみに俺はというと、すでに一枚目の型（パラソル型）を抜き終え、瓶ラムネを飲みながら佐藤さんを待っているような状態だ。

彼女があまりにも可哀想《かわいそう》なので、せめて半分ぐらいは出してあげようかな、なんて考えていたところに、この懇願するような顔である。

でも、普通にお金を渡したところで佐藤さん受け取ってくれそうにもないし……そうだ。

「ちょっと待ってて」

俺はそう言い残してテーブルを離れ、屋台のおじさんから一枚型を買い、再びテーブルへ戻ってくる。

包み紙を開けてみると中にはチューリップの型が入っていた。かなり難易度の高い型だ。これは気合いを入れなければならない。

「佐藤《さとう》さん、型抜きのコツなんだけど」

俺は言いながら、まず型を両の指でつまんで力を籠《こ》める。

「えっ⁉　なっ、なにやってるの押尾《おしお》君⁉　ちょっ……ダメダメダメ⁉」

「はい」

「あぁっ⁉」

パキンと音が鳴って型が割れ、佐藤さんが悲鳴をあげる。

でも、佐藤さんが心配するような事態にはなっていない。指でつまんだ型は中の絵柄を傷つけずに割れている。

「――まず初めに、指で型の外側をおおまかに割っていく。下手に針を刺すより安全だよ。余分な力がかからないからね」

「す、すごっ……⁉」

「ある程度割れたら、今度は細かい部分を針で抜いていく。割るよりは削るって感覚だね。心配なら針の先端で何度も溝をなぞって薄くしておくといいかも。で、ここからはひたすら辛抱強く削っていって……」

佐藤さんがごくりと唾《つば》を呑《の》む音が聞こえてきた。俺よりよっぽど集中している風に見える。

そして削ること数分。

仕上げにふっと息を吹きかけて、細かい粉を飛ばせば完成だ。

「こんなもんかな」

「す、すごい!!」

ただ型を抜いただけなのに佐藤さんは拍手喝采《かっさい》だ。もちろん悪い気はしない。

「チューリップの型は1000円、これで何か美味《おい》しいものでも食べよっか」

「えっ、い、いいの？　これ押尾君が抜いた型なのに……」

「もちろん、はいどうぞ、佐藤さん」

本物の花はまだ恥ずかしいので、今はこれで許してもらおう。

無邪気に喜ぶ佐藤さんを眺めながら、しみじみとそんなことを思った。

心霊写真

「――夏といえばホラー！　ホラーといえば心霊写真！　というわけでソータ先輩、心霊写真の映《ば》える撮り方、ボクに伝授してください」

「いやだよ、というか知らないよ」

ある暑い夏の日、昼休みの学校でのことだ。

出会い頭に凄《すさ》まじく雑な導入からとんでもない要求を吹っかけられたので、返す刀で拒否した。

――彼女の名前は十麗子《つなしれいこ》、ツナちゃんの愛称で知られる一年生だ。

佐藤《さとう》さんのかつてのバイト仲間なのだが、無類のホラー好きというちょっと変わった女の子で、いつもホラー嫌いの佐藤さんを震え上がらせている。

そんな彼女は俺の反応を見て、本気で信じられないといった表情だ。

……むしろなんでいけると思ったんだ。

「カワイイ後輩の頼みなのに……？」

「可愛《かわい》かろうが無理だよ」

ツナちゃん、普段はものすごい人見知りなのに、ちょっと心を許すと加速度的に調子に乗るところが佐藤さんにそっくりだ。

「そもそもの話、俺は心霊写真なんて撮ったこともないし、撮り方も分からないよ」

「普段あんなにところかまわずバシャバシャと写真を撮りまくっているのに!?」

「言い方！」

あと、少なくとも俺はツナちゃんの前でバシャバシャ写真を撮ったことはない！

「だ、だってソータ先輩はSNSに5000人のフォロワーがいる中堅ミンスタグラマーなんですよね!?　それってやっぱり匿名掲示板で心霊写真を投稿してフォロワーを……！」

「稼いでない！　中途半端な現代知識と00年代ホラー全盛期の価値観がミックスされてわけわかんないことになってるよ」

「なんでもない日常のワンシーンを切り取るのが写真の良さって言ってたじゃないですか！」

「この世ならざる者は切り取ったことないよ。……あとそんな台詞《せりふ》言ったことない」

あまりにも堂々と出任せを言うから一瞬信じかけてしまったじゃないか。

「またまたそんなこと言って、本当は一枚や二枚撮ったことがあるんでしょう……？　ボクには隠さなくてもいいですよ……？」

「ない、一枚も」

「うぐぐぐ……ええ分かりました、分かりましたよ。じゃあ百歩譲って上手な心霊写真の加工の仕方を……」

「知らない」

「普段あんなにぐにゃぐにゃといろんな写真を加工しまくっているのに!?」

「言い方」

もうなんとなく察していると思うが、俺は写真をグニャグニャと加工したこともない。

前から思ってたけどツナちゃんは偏見がえげつないな……

「本当に！　本当に隠してないんですか!?」

「隠してないって」

「じゃあ証拠にソータ先輩のスマホの中身見せてください！　一枚でも心霊写真があったらボクの勝ちですからね!?」

「もう趣旨変わっちゃってるよ……」

とはいえ、ツナちゃんも引っ込みがつかなくなっていることだし、ここはさっさとスマホの中身を改めてもらって、それで納得してもらおう。

「はいどうぞ」

俺はスマホを操作してカメラロールを開き、これをツナちゃんに差し出した。

ツナちゃんはそれを受け取るなり、画面にかじりつかんばかりの勢いで、カメラロールを漁《あさ》り始めて……

「こ、これは！」

やがて、ある一枚の写真に目を留め、そして高らかに言った。

「一見、なんの変哲もない女子高生のポートレイト写真……しかしお分かりだろうか!?　女性の顔が不自然に歪《ゆが》んでいるではないか！」

「それは佐藤《さとう》さんがド緊張して笑顔が強張《こわば》ってるだけだよ」

というか不自然とか言うのやめなよ、可哀想《かわいそう》だよ。

「あっ！　こちらの写真はすごいですよ！　浴衣を着た女性の上半身が映っていない!!　これはおそらく近くで非業の死を遂げた人物が、彼女を道連れにしようと写真をねじまげ……」

「それはリンゴ飴《あめ》にはしゃいだ佐藤さんが、すごい体勢で転ぶ瞬間を撮っちゃったヤツ、上半身はここ」

「ま、まだまだ！　これなんかすごいですよ！　画面全体を覆う白いモヤ！　なんだか分からないけどすごい怨念《おんねん》が……」

「それは佐藤さんがズーム倍率を間違えて撮っちゃったブレブレの綿飴《わたあめ》ね」

「全然心霊写真じゃないじゃないですか!!」

「だからそう言ってるじゃん……」

ツナちゃんがはあああぁ……と深い溜息《ためいき》を吐《つ》いて、がっくりと肩を落とす。

「ソータ先輩ぐらい写真に詳しければ生の心霊写真の一枚や二枚持っているものと期待していたのに、結局カメラロールを漁って分かったのはこはるんの撮影技術がオバケ級に低いということだけでした……」

「それ佐藤《さとう》さんに言ったら泣くから絶対に言わないでね」

「あげくノロケ写真まで見せつけられて、踏んだり蹴《け》ったりとはこのことです……」

「今日は失礼が天井知らずだねツナちゃん」

ともかく、納得してくれたようでなによりだ。

そんなわけで俺がいじけるツナちゃんからスマホを回収しようとしたところ、

「……あれ？」

ツナちゃんが、ある一枚の写真に目を留めた。

夏祭りの際、リンゴ飴《あめ》片手にポーズを決める浴衣姿の佐藤さんを撮影したものだ。

これは比較的自然な表情で、写真映りもかなりいい部類だと思うけど……

「その写真がどうかした？」

「……ソータ先輩、これ」

ツナちゃんが震える指でスマホの中の佐藤さんを指す。

彼女の指が示す先、佐藤さんの肩口に置かれたソレを見て、俺は目を見張った。

……佐藤さんの肩に、誰のものともしれない、青白い手が……

「しっ……心霊写真だもがぁぐもっ!!」

歓喜の叫びをあげようとするツナちゃんの口を無理やりに塞《ふさ》いだ。

それ以降、あの写真は見ていない……

Minstagram
Shiotaiou no Sato san ga Ore ni dake Amai.3
おわかり頂けただろうか？
♥いいね！
塩対応の佐藤さんが俺にだけ甘い 3
著／猿渡かざみ　# イラスト／Aちき

佐藤さんの自慢

「コハルって人に自慢できることなんか一つでもあんの？」

「なっ」

カフェ〝潮《うしお》〟でのアルバイト中のこと。

円《まど》花《か》ちゃんがおもむろにそんなことを言うので、私は思わず水の入ったコップを取り落としてしまうところだった。

「な、なな……なんてこと言うのっ⁉」

「うっさ」

円花ちゃんが顔をしかめて両耳を塞《ふさ》ぐ。しかし私は構わずに彼女へ詰め寄った。

「円花ちゃん⁉　よ、よく、よくそんなひどいことをっ……！」

「ああもう近寄るな近寄るな、純粋に気になったから聞いただけだろ」

「だっ、だからって……！」

「不器用だし人見知りだしアガリ症だし、あと見るからに運動もできなさそうだ」

「うぐっ……⁉」

事実その通りなのだからぐうの音も出ない。

不器用で人見知りでアガリ症は言わずもがな、私の運動音痴はお母さんからも鼻で笑われるレベルだ。

でも……だからといって退《ひ》くわけにはいかない！

「あるもん！　自慢できること！」

「ほー、なら試しに言ってみなよ」

「え——と、まずは軽いジャブから……ミンスタグラムをやってる！」

「ホントに軽くてびっくりしたわ、ミンスタぐらい今ドキの女子高生なら誰でもやってるだろ」

「円花ちゃんはやってないでしょ⁉　はい私の勝ち！」

「いやアタシ一人に勝ってどうするんだよ」

「そっか……今ドキの女子高生はみんなミンスタやってるもんね……円花ちゃんが特別遅れてるだけだもんね……あっ、待って待って待って殴らないで⁉　自慢の腕力見せつけないで⁉」

「誰が自慢の腕力だ！　マジで殴るぞ！」

「あっ⁉　自慢できるところ分かった！」

「今度はなんだよ」

「笑顔が可愛《かわい》い……ぎゃっ⁉」

私の頭が「ぱかん」と空箱を叩《たた》いたような音を鳴らした。

あまりの痛みに涙目になる。

「な、なんでぶったの⁉」

「コハル！　オマエはとにかく憎たらしい！」

「理不尽！」

やっぱりヤンキーだからすぐに手が出るんだ！（偏見）

ミンスタやってないのもヤンキーだからだ！（偏見）

しかしこんな調子でパカパカ頭を殴られていては、すぐに頭まで悪くなってしまう。

なにかないだろうか？　このヤンキー円花《まどか》ちゃんでも納得してしまうような、私だけの「人に自慢できること」は……

「……あっ」

一つ、思い当たる。

あった、私にも人に自慢できることが。

でも……私はどうしてもその台詞《せりふ》を口にすることができない。

どころか、それを考えただけで顔が熱くなってきてしまい、目を伏せてしまう。

「あ？　なんか思いついたのか？」

「う、うん、でも……」

「なんだよ勿体《もったい》ぶるなよ、とりあえず言ってみりゃいいだろ」

「じゃ、じゃあ……」

私は意を決して、とうとうその台詞を口にする。

「……お、押尾《おしお》君がカレシです……」

「ノロケじゃねえか！」

「ぎゃっ！」

またも私の頭が「ぱかん」と良い音を鳴らした。

ホラーのススメ

「ツナちゃんは普段、どういう風にホラーを楽しんでるの？」

お化け屋敷でのアルバイトが終わったのちのこと、私はバイト仲間のツナちゃんこと十麗《つなしれい》子《こ》ちゃんに問いかけた。

自らをホラーオタクと自称する彼女への他愛《たわい》もない質問……のつもりだったのだが、彼女は途端に前のめりになって、

「とうとうこはるんもホラーに興味を!?」

なんて食い気味で言ってくるので、私はぶんぶんとかぶりを振った。

ツナちゃんには申し訳ないけど、私の怖いもの嫌いは筋金入りだ。

「そっ、そういうのじゃなくて純粋に気になっただけだからっ!?」

「なあんだ……でもまぁ、どうしてもと言うなら教えてあげますよ！　まず定番はホラー映画の鑑賞ですね！　最近はホラーそのものが下火……なーんて言われていますが、とんでもない！　ホラーというのは人間の本能へ訴えかける娯楽！　形を変えて残り続けているんです！　そしてスクリーンで観《み》るホラーの良さは今も昔も変わりません！　大画面の迫力、劇場のひりつくような緊張感……もうたまりませんよ！」

「そ、そうなんだ……」

テレビで少し怖い映像が流れただけで目を覆うような私のことだ。もしも逃げ場のない映画館で大迫力のお化けなんか見せられようものなら、きっとその場で卒倒してしまうことだろう。

「もちろん、過去作も観返しますよ！　最近はサブスクというたいへん便利なサービスもありますので、家から出ずとも名作ホラーが観放題です！　まぁボクほどのマニアになると有名作品だけでは物足りず、わざわざ隣町のレンタルビデオ店まで遠出してＶＨＳを……」

語る語る。

ツナちゃんのオタクトークは止《と》まるところを知らない。

しかし、ツナちゃんの話を聞いていたら私の中にもう一つ、ある疑問が浮上してきた。

それは……

「……一つ聞きたいんだけど」

「ん？　なんですかこはるん」

「ホラー映画って、その……一人で観るの？」

「は？」

ツナちゃんが今まで聞いたことのないぐらい低い声で言った。目が怖い目が怖い。

「えっ？　なんですかその質問、ホラー映画って一人で観るものじゃないんですか？　違うんですか？　ボク何かおかしいこと言ってますか？」

「あ、いや、その……」

「あれですか？　こはるんも『ホラー映画に恋人と観《み》に行く以外の用途があるんですか？』とか言うタイプの人種です？」

「そこまでは言ってない！」

「どうせ、きゃーとか言いながらカレシの腕に抱きついたりするんでしょう、あとはきゃーとか言いながら肩に抱きついたり、腰に抱きついたり……」

「イメージが貧困すぎる！」

「いいですいいです、こはるんはカレシとぬるーーくホラーを楽しめばいいじゃないですか、ボクは一生ソロでホラーを楽しみますゆえ……」

「ごめん！　ホントーーにごめんツナちゃん！　今度一緒に行こうね!?」

そのあと、完全に卑屈スイッチの入ってしまったツナちゃんを宥《なだ》めるのにかなりの時間を要した。

体育祭

「――はい、じゃあ厳正なる審査の結果、クラス対抗男女混合リレー最後の一人は佐藤《さとう》こはるに決定ってことで、拍手」

いつまで経っても終わらない体育祭の種目決め会議にいい加減辟易《へきえき》していたのであろう。

２のA学級委員長である五十嵐《いがらし》さんは、種目決めの最終手段《ジャンケン》によって栄えある代表者《哀れな犠牲者》を選出したのち、いささか投げやりに言った。

「やっと終わったー」

「これで部活いけるよ……」

クラスメイトたちは佐藤さんへ拍手を送りながら、安堵《あんど》に胸を撫《な》でおろし……

しかしすぐにぎょっと目を剥《む》いた。

「……」

何故《なぜ》ならば、たった今クラス代表走者として選出された佐藤さんが、今まで見たこともないほど、鬼気迫る表情をしていたためだ。

「うおおっ、佐藤さんすげえ迫力……！」

「震えてる……？　今から武者震いを!?」

「あの真剣な眼差《まなざ》し！　こりゃやってくれるかもしれねえな……」

にわかに盛り上がるクラスメイトたち。

でも、俺は知っている。

佐藤さんの震えは武者震いなんかじゃないし、あの眼差しも強い決意の表れなんかじゃないことを。

「……なぁ、佐藤さんって運動できたっけ？」

熱に浮かされた教室の中で、唯一冷静な蓮《れん》が俺に耳打ちしてくる。

蓮の懸念はまさしくその通りで、

「……佐藤さん、超がつくぐらいの運動音痴だったと思うけど」

波乱の予感であった。


さて、場所は変わって放課後のグラウンド。

佐藤さんを含め、リレーの走者として選出された四人による作戦会議が開催された。

男子は俺と蓮、女子は佐藤さんと樋端《ひばた》さんである。

皆、体操着に着替えていた。

「リレーは一人400mの合計1600m、走る順番も重要になってくるわけだけど……」

蓮の方を見る。

彼はいかにもやる気がなさそうにぼけーっとしているが、間違いなくチームの要だ。

「蓮《れん》は確か中学でもクラスで一番足が速かったよな、今も走れるか？」

「現役サッカー部員だぜ、俺」

「だよな」

これは素直に頼もしい……が、

「佐藤《さとう》さんは……」

「っ！」

俺が言い終えるよりも早く、佐藤さんが青ざめた顔でぶんぶんとかぶりを振った。

……もうこの反応だけで十分だ。

「ちなみに俺は１００m14秒ってところだと思う」

「超普通だな」

「家の手伝いで部活できなかったんだから許してくれよ……樋端《ひばた》さんは？」

「私ぃ？　全然だよぉ！」

樋端さんがぱたぱたと手を振る。

この時、ほんの少しだけ佐藤さんの目に光が戻るのが見えた。運動ニガテ仲間を見つけて、ちょっと安心したのだろう。

確かに、文化部所属でおっとりした性格の樋端さんのことだ。

足の速さは期待できない……

「――私なんて、１００m13秒を切るのがやっとなんだからぁ」

「……うん？」「えっ？」「へ？」

「……？」

樋端さんは本気で不思議そうに「……私なにか変なこと言ったぁ？」と小首を傾《かし》げ。

一方で佐藤さんは、絶望で顔を青ざめさせていた。

「さ、佐藤さん……？」

「私のせいで負けたらどうしよう私のせいで負けたらどうしよう私のせいで負けたらどうしよう…………」

「佐藤さん!?　思いつめないで!?」

「そーだよ佐藤さん、もしリレーで負けたとしてもジャンケンなんかで代表決めたクラスの連中の責任だし、気楽に走ろーぜー」

「私のせいで負けたらどうしよう私のせいで負けたらどうしよう私のせいで負けたらどうしようううううう…………」

「……ダメだ、聞こえてねえ」

ま、マズイ！　樋端さんの足が速かったのは嬉《うれ》しい誤算だけど、同時に嬉しくない誤算だ！

佐藤さんにかかるプレッシャーが、比にならないぐらい跳ね上がってしまった！

「佐藤さん!?　ただの運動会のいち種目だから！　俺たちがビリだったところでウチのクラス

の負けが決まるわけじゃないし、そんなに気負わなくても！　ね!?」

「そ、そうだよね……ただのいち種目、ただのいち種目だよね……気にしなくていいよね……」

とは言いつつ、佐藤《さとう》さんはもうガッチガチだ。

こんな状態では走ることはおろか、歩くことすら満足にできなさそうである。

「……おい颯太《そうた》、耳貸せ」

蓮《れん》が俺の肩に手を回して、耳打ちをしてきた。

「こんな状態の佐藤さんじゃ絶対マトモに走れない、いや400m走り切れるかだって怪しいぞ」

「そんなこと言われたって……」

「考え方を変えよう」

「考え方？」

「誰が走れるかじゃなくて、走れない佐藤さんをどうカバーするかを考えていくんだ」

「……つまりどういうことだ？」

「颯太、お前がアンカーやれ」

「俺が!?」

驚きのあまり大声をあげてしまう。

佐藤さんは……緊張でこっちのやり取りが見えていないらしい。小刻みに震える頭を樋端《ひばた》さんに撫《な》でられていた。

「なんでだ……！　どう考えたって足の速いお前か樋端さんがアンカーだろ……！」

「だから消去法的な考え方だ！　いいか？　順番は俺、樋端さん、佐藤さん、そして最後に颯太だ」

「……その根拠は？」

「よく聴け、まずは俺が最初に走って、第二走者の樋端さんへバトンパス、この二人で他のクラスをちぎる！　そうしたら樋端さんが大きくリードをつけた状態で第三走者の佐藤さんにバトンパスするんだ！　これなら佐藤さんのプレッシャーも少しは減るだろ！」

「なるほど！」

　確かに蓮の言う通りだ。

すでに大幅にリードがついた状態なら佐藤さんも少しは気が楽になるだろう。

また第三走者というのもいい。

アンカーなんて任せたら佐藤さんの胃に穴が開いてしまう。絶妙な走順だ。

「第一走者が蓮で第二走者が樋端さんなのは？」

「アホか、俺からバトンパスされるより、同じ女子の樋端さんからバトンをもらった方が緊張しないだろ。バトンパスで失敗したら大幅なロスになる。親友から受け取って、カレシに渡す。このためにも第三走者がベストだ」

「……蓮！　お前すごいな!?」

初めて親友のことを天才だと思った。

カンペキなロジックだ！　今となってはこの走順以外ありえないとさえ思える！

なるほど、これが「走れない佐藤《さとう》さんをカバーする戦略」か！

これならいけるかも……！

「ただこの作戦、一つだけ問題がある」

「問題？」

「もし佐藤さんが失敗した時は、颯太《そうた》の走りに全部かかってるってことだよ」

「……ああ、なんだそんなことか」

俺があっけらかんと答えたからだろうか、蓮《れん》が目を丸くする。

はぁ、深刻そうな顔で言うから何事かと身構えたら……

「——任せろ、佐藤さんが楽しく走るためなら、そんなのなんてことない」

仮に佐藤さんが全員に抜かれて、最下位でバトンを渡してきたとしても、俺がなんとかする。

俺が頑張ればいいだけなら、これほど簡単なことはない。

「……颯太、お前たまにカッコいいよな」

「なんだよそれ」

とにかく、方針は固まった。

「よし！　じゃあ早速、当日までバトンの受け渡しをカンペキにできるよう練習を——」

「失礼ッ！　キミたちが2のAの走者かなッ！」

——しようと思った矢先、空気も震えるような大声量が飛んできて、俺たちは全身をこわばらせてしまった。

見るとそこには……いつの間に、体操服姿のいかにも「熱血！」という感じの女子が佇《たたず》んでいるではないか。

赤みがかった茶髪のショートカット、こんがり焼けた小麦色の肌、体操服から覗《のぞ》く引き締まった肢体、そして思わず一歩引いてしまうぐらいまっすぐな瞳《ひとみ》と爽《さわ》やかな笑顔！

か、彼女は……

「陸上部の市見風梨亜《いちみふりあ》さん……？」

「そうともッ」

びりびりびり、と鼓膜が震える。

軍隊でだってこんな大声は出さないだろう。

佐藤さんなんてもう、びっくりしすぎてハムスターみたく固まっちゃってるよ……

「体育祭におけるクラス別男女混合リレー・2のBアンカーは、不肖この私、市見風梨亜が務めさせていただくこととなった！」

「あ、そうなんですか、これはまたご丁寧に……」

「2のAのアンカーは誰かッ」

ビリビリビリ、咄嗟《とっさ》に耳を覆いたくなるが、それは失礼にあたるのでできない。

「俺です！　押尾颯太《おしおそうた》！　俺がアンカーです！」

「ふむ？　五十嵐澪《いがらしみお》ではないのかッ！」

「五十嵐さん？　なんで彼女が……」

「五十嵐澪は永遠のライバルだッ！　幼い時分からともに切磋琢磨してきたッ！」

市見《いちみ》さんが誇らしげに胸を張って言う。

永遠のライバル？　……そういえば五十嵐さんは中学時代に陸上部だったっけ。

でも確か、五十嵐さんは中学時代の怪我《けが》を理由に部活をやめたはずだけど……

「まぁ五十嵐澪が出ないのなら負けるはずもないッ！　当日はよろしく頼むよッ」

なんて、こちらが指摘するよりも早く。

市見さんは「ハッハッハ」と笑いながら、すごい速度で走り去っていってしまった。

台風みたいな人だ……

「色々とすごいよなー、市見さん……」

あの声も……キャラも。

あっという間に小さくなった彼女の背中を眺めながら、ある意味感心していると、蓮《れん》がぼそりと、

「……颯太は知ってるか？」

「うん？」

「市見、今年のインハイで決勝までいったらしいぞ」

「え」

俺は自分の全身からさーっと血の気が引くのを感じた。

この時の俺の最大の過ちは……

「っ……！」

どうやら青ざめるところを、佐藤《さとう》さんに見られてしまっていたらしいということだ。

♥

——私は、運動がニガテだ。

特に走るのなんて世界で一番ニガテ。

疲れるし、苦しいし、汗もかくし……

本当に、一生走らなくていいならそれに越したことはないと思う。

私のお父さんは学生時代、アメフトサークルとバンドを兼任するほどのバイタリティを誇っていたというのに……

どうやら私はそういった素質を毛ほども受け継がなかったらしい。

でも、それで困ったことなんて——せいぜい体育の時間にちょっと憂鬱《ゆううつ》な気分になるぐらいだし、これからもそれでいいと思っていた。

——でも、今だけはそんな自分を恨んだ。

「ハァッ、ハァッ……」

私は両手を膝《ひざ》について、荒い息を吐き出した。

あたりはすでに暗くなり始めていて、今、公園内の照明が灯《とも》った。

——ここは桜庭《さくらば》高校から少し離れた場所にある、通称「ともだち公園」。

大きな池をスワンボートで遊覧できることと、広いだけが取り柄のありふれた公園だけど……今の私にはぴったりだった。

「くうっ……」

額から垂れてくる汗を拭《ぬぐ》う。

……分かったことが二つ。

まず私の足が悲しくなるほど遅いってこと。

そしてもう一つは……たったの一時間、皆から隠れて自主練をしてみたところですぐに足が速くなるわけはない、ということだ。

「……こんなんじゃダメだ……」

自らに言い聞かせるように独《ひと》り言《ご》ちる。

そうだ、ダメだ。

こんなんじゃ全然ダメだ。

押尾《おしお》君も、蓮《れん》君も、ひばっちも、皆は優しいから私に「大丈夫だよ」と言ってくれた。佐藤《さとう》さんは気にせず走ってくれと。

蓮君とひばっちで大きくリードを作って、最後は押尾君がなんとかするから、佐藤さんは気にせず走ってくれと。

でも……それじゃダメなんだ。

もちろん、私のせいで私たちのチームが負けるのは嫌だ、というのもあるけど。

それよりも嫌なことが……

「――押尾君が恥をかくのだけは、絶対に嫌だ……！」

私はいくら恥をかいたっていいけれど――押尾君だけはダメだ！

2のBのアンカーはあの市見《いちみ》さん、女子とはいえ、きっと彼女より速く走れる人は私たちの中にはいない。もちろん押尾君だってそうだ。

だったら私は蓮君とひばっちが作ってくれたリードを、できるだけ保ったまま、押尾君にバトンを繋《つな》がなきゃいけない。

そうじゃないと、私たちのチームが、押尾君が負けてしまう――

「走ろう……！」

ぼーっとしている場合じゃない。

私はちぎれそうな肺の痛みを無視して、もう一度走り出した。

ざかざかと土を蹴《け》り上げる。

少しでも早く、少しでも確実に、押尾《おしお》君へバトンを渡すイメージで――

「あ――」

しかし疲れから足がうまく上がらず、爪先《つまさき》を引っかけてしまった。

身体《からだ》が浮遊感に包まれ、視界は傾き、転ぶ――と思った時にはもうすでに遅く。

「……っ！」

「危なっ！」

地面が鼻先すれすれまで迫ったところで……間一髪、横から伸びてきた腕が私の身体を支えてくれた。

私は顔をあげて――安堵《あんど》に胸を撫《な》でおろす彼を見る。

「押尾君……!?　ど、どうしてここに……」

「……伊達《だて》にカレシやってないよ。佐藤《さとう》さんの性格上、絶対に一人で練習すると思ってた」

「……!?」

見透かされていた……！

情けなさと恥ずかしさが同時に押し寄せてきたけれど、押尾君はそんな私を爽《さわ》やかに笑い飛ばして、

「ちょうど俺も練習しようと思ってさ、どうせやるからには勝ちたいじゃん？」

「……押尾君」

……どうやら私はまた、自分の事しか見えなくなってしまっていたらしい。

そうだ、うん、そうだよ。なにを勝手にネガティブになっていたんだろう、私は。

せっかく押尾君と一緒に走れる、またとない機会なのに。

でも、どうせやるなら、

「──どうせなら、私も勝ってみたい」

似合わない、不敵な笑みなんかも作ってみちゃったりして。

──こうして、私と押尾君の秘密の特訓が始まった。

♠

そして体育祭当日──

やれるだけのことはやった。

毎日、放課後佐藤さんと一緒に走り込んだし、実際に俺も佐藤さんも気休め程度だけれどタイムが縮まった。

あとはもう悔いが残らないよう走るだけ──

……のはずだったのだけれど、

予定外のアクシデントが発生した。

『――合計点数出ました！　おおっと！　なんと2のAと2のB！　2のCを大きく突き放してまさかの同点！　すなわち最終種目であるクラス対抗男女混合リレーで勝った方のクラスが優勝となります!!　盛り上がってまいりました!!』

「やば……」

「やばいな」

周りの熱狂とは裏腹に、俺と蓮《れん》は小さく呟《つぶや》いた。

まさかここまで盛り上がる展開になるとは、予想外だったのだ。

「……佐藤《さとう》さん、次だけど……大丈夫そう？」

「だ、だだだだだだいじょぶそ」

体育座りのままガチガチ震える佐藤さん。

全然「だいじょぶそ」ではない。明らかにプレッシャー負けしている。

「ちょ、ちょちょ、ちょっと、おおおお手洗いにいってくるね」

そう言って、子どものおもちゃみたくぎこちない動きで席を外す佐藤さん。

……手と足が同時に出ていた。

俺は蓮の方を見て、

「……頼んだぞ」

「できる限りはやる」

「樋端《ひばた》さんは？」

「…………ふぇっ？　あれ？　もう私の走る番なのぉ？」

「寝てたの……？」

この熱狂の中で座ったまま居眠りをする彼女のマイペースぶりに驚きを禁じ得ない。

なんにせよ彼女は平気そうだ。雰囲気にのまれるとは全く無縁の女性である。

となると……

「……じゃあ、あとは俺の仕事だな」

「頑張れよ」

蓮が、ぽんと俺の肩を叩《たた》いた。

♥

は、吐きそう吐きそう吐きそう……！

胃がむかむかして、眩暈《めまい》がして、足が震えて、マトモに立てなくて——

とうとう校舎裏の陰で、私はその場にうずくまってしまった。

体育祭の喧騒《けんそう》がずっと遠くに感じる。

「う……ぅ……」

忘れかけていた私の弱い部分が、ここにきて顔を出してしまった。

皆が注目している。期待されている。失敗できない。失敗したら？　もし私のせいでリレーに負けちゃったら？　皆がっかりする。今までの皆の頑張りが無駄になる。私だけじゃない、押尾《おしお》君まで、皆から失望されて……

胸の鼓動がおかしい、頭が真っ白になる。

桜庭《さくらば》高校の入学試験が人生で一番緊張した出来事だと思っていたけれど——今日のコレはあんなのと比べ物にならない。

ダントツで、こっちが一番だ。

「ぐぅ………ぅ……」

大粒の涙がこぼれ落ちる。

無理、こんなの絶対に無理だ……絶対に失敗する、間違いなく。

でも、やらないと皆に迷惑がかかる……分かってるのに、立ち上がれない……

もうわけがわからなかった。

座っているのに、どこまでも落ちていくような妙な感覚だけがある。

まるで世界でただ一人、自分だけが孤独であるかのような、錯覚——

「たすけて……」

絞り出すように、口の中で小さく呟《つぶや》く。

――すると突然、手の内に何かを握らされた。

「……？」

何かある。

小さくて、とげとげしていて、丸っこい。

涙で滲《にじ》んだ視界では、初めなんだか分からなかったけど、それは……

「こんぺい、とう……？」

ピンクの、とりわけ子どもっぽい色合いのそれが、私の手の上で転がっていた。

「――疲れたら甘いものだよ、佐藤《さとう》さん」

……本当に、彼は。

いつだって、あの時みたく……

私が困っていると、魔法みたいに、そこに現れるんだ……

「押尾君……」

しゃがみ込んで私と目線の高さを同じくした押尾君が、微笑《ほほえ》みかけてきていた。

「もしダメだったらその時に考えればいい、別に死ぬわけじゃないさ」

そして彼はあの時と同じセリフへ、「それに――」と、

「──俺がなんとかする」

力強く、付け加えた。

「……」

手の上の、金平糖を見る。

涙で滲《にじ》んだ視界の中で、それは一等星みたく輝いていて……

私はこれを、ぎゅっと握りしめる。すると、身体《からだ》の震えがぴたりと止んだ。

「……ありがとう押尾《おしお》君、私、走るよ」

私はもう、一人じゃないんだ。

♠

『うおおおおおおっ!? 速い速い速い！　2のA樋端温海《ひばたあつみ》っ！　とんでもない速さで後続との差を広げていくっっっ！　大迫力の走りだ！　ウチナーエンジン大回転！』

「樋端さんマジで速いな……」

スタート位置に待機した俺は、樋端さんの走りに言葉を失ってしまった。

計画通りとはいえ、第一走者の蓮《れん》が作ったリードを更にぐんぐん広げていくさまは、まさしく圧巻だ。

ちなみにさっき走り終わったばかりの蓮《れん》が息も絶え絶えに「俺の方が速かったのに釈然としねえ……」とぼやいていたが、まぁそれはそれ。

「驚いた！　彼女は速いなッ！　文化部なのが惜しいッ！」

「そ、そうですか」

隣で同じくスタートを待機する市見《いちみ》さんが、いつものごとく声を張り上げた。

市見さん、ビックリするから急に喋《しゃべ》らないでほしい……。

「いやあ私のクラスもすっかり突き放されてしまったよ、参ったな、アッハッハ」

「……の割りには余裕そうですけど」

「余裕？　おかしなことを言う、私が勝つのは決定事項だよコウタ君」

「コウタじゃなくて颯太《そうた》です。自信たっぷりですね」

「勿論《もちろん》ッ！　私は私の脚を信じている、たとえ周回遅れになったとしても最終的にゴールテープを切るのは私だッ」

ぎらぎら輝く真夏の太陽みたいな両目が、俺を射抜いた。

……きっとハッタリでも自己暗示でもなく、本当に心からそう思っているのだろう。

この短い間に、市見さんがどういう人間か大体分かった。

「それに、そうでなくとも君たちはすでに戦力を使い果たしてしまったじゃないかッ！　この程度のリードであれば私の勝ちは揺るがない！」

ぴく、と肩が跳ねる。

それは聞き流せなかった。

「どういう意味ですか？」

「言葉の通りッ！　第一走者と第二走者で君たちは戦力を出し尽くした！」

「……それは俺や佐藤《さとう》さんが戦力外だと？」

「おっと悪く思わないでくれッ！　スポーツの世界は残酷だ！　弱肉強食なのだよ！　だからこそ私はアスリートとして誇りを持っているがね、コウタ君」

……本当に、ギラギラと暑苦しい人だ。

彼女のせいで、俺もその熱にあてられてしまったじゃないか。

「その言葉、よく覚えといてくださいね……あと俺の名前も」

♥

『速い速い速い！　2のA樋端温海《ひばたあつみ》！　後続に影も踏ませない！　他クラスを大きく突き放していざ、次の走者へバトンを――』

来たっ――！

ひばっちが土煙をあげながらコーナーを曲がり、独走状態で私の下へやってくる。

スタート地点に待機していた私は、全身の筋肉が強張《こわば》るのを感じた。

「……」

皆の声、伝わる熱、土の匂《にお》い、いろんなものが私に「走れ」と急《せ》かしてくる。

心臓がばくばくと高鳴っているけれど、不思議とイヤな感じはしない。

「……よし」

私はポケットに隠した金平糖をこっそり口に含んで、舌の上で転がす。

その心地よさと、口中にじんわり広がる優しい甘さで――私の中の恐れが消えた。

「――こはるちゃん、パス！」

ひばっちの声を合図に走り出して、流れるようにひばっちからバトンを受け取る。

バトン越しに彼女の力強さが伝わってきて、私の中に勇気が湧《わ》いてきた。

「――あとは任せて！」

まさか自分の口からそんな言葉が出るなんて、思いもしなかった。

――回転、回転、回転だ！

何度も練習した通りに、足を動かす。

歯車が回るようにリズミカルに、左右の足で交互に地面を蹴《け》って、前に進む――！

頭の中が真っ白になって、吹き抜ける風が耳の中で渦巻いて、何も聞こえなくなって。

――私は、ちゃんと走れていた。

「いけ――っ！　こはるちゃ――ん!!」

「頑張れ――っ！」

皆の声が聞こえたような気がした。

でも私にそれを気にしている暇はない。

回転、回転、ただ回転――！

「あっ――！」

半分近く走ったところで、ふいに回転が止まる。皆が悲鳴にも似た声をあげた。

足がもつれて、前のめりに地面へ倒れ込んでしまったのだ。

「佐藤《さとう》さん!?」

どうしてこんな大事な場面で転ぶかな、私って本当に馬鹿《ばか》だ――

と、普段の私なら自己嫌悪に浸っていたところだろう。

でも――

「――っ！」

私はすかさず立ち上がって、そのまま倒れ込むみたいな形で再スタートを切った。

反省会なんかしている暇はない！　私は、ただ彼にバトンを渡すだけ――！

「――押尾《おしお》君！　パス！」

突き出したバトンが、彼の手の内へ、滑るように収まる。

私のバトンは、確かに押尾《おしお》君へと託された。

「――ありがとう、佐藤《さとう》さん！」

♠

途中の転倒で、蓮《れん》と樋端《ひばた》さんの作ったリードが半分以下に縮まってしまうというハプニングはあったが――しかし彼女は走り切った。

走ることがなにより苦手だという彼女が４００ｍを見事走り切り、そしてなにより、一、位、を守り切った、ま、ま、で、俺にバトンを託してくれた。

なら、あとは俺の仕事だ――！

『とうとう2のAのバトンが、アンカー・押尾颯太《そうた》へと託されたぁ――っ!!』

わああああああああっ、と津波のような歓声が沸き起こる。

皆の声を振り切って走る、走る、風を切ってひたすら走る。

「颯太――っっ!!　走れ――っっ!!」

蓮の声だ。

「颯太君頑張れぇ――！」

この、気が抜けそうな間延びした声は樋端さん。

「颯太――っっ！　ひばっちがせっかく頑張ったんだから絶対勝て――っ！」

「声デカ女なんかに負けるな――っっ!!」

これは丸山《まるやま》さんと五十嵐《いがらし》さんの声。

「ソータ先輩、ファイト――――っっっ!!」

この裏返った声は……ツナちゃんか。

俺は皆の声援を置き去りにして、ただひたすら前へ進む。

ゴールまであと半分、よしいける――！

「――アッハッハ！　意外と走れるじゃないか君ッ！」

「うわああぁっ!?」

思わず悲鳴をあげてしまった。

この爆弾みたいな声は……振り返らなくても分かる！　市見《いちみ》さんだ！　しかもかなり近い！

あのリードをこれだけ短い間に詰めてきたのか!?　どんな脚だよっ!!

『おおっと、２のＢの最終兵器！　アンカー・市見風梨亜《ふりあ》!!　速い速い速い！　すさまじい追い上げで押尾颯太に迫る!!　ゴールまで残り１００ｍだ!!』

「くっそおおおおっ！」

ここまできたら絶対に負けたくない！

負けたくないのに……これが限界いっぱいだ!!

歓声がいっそう激しさを増し、市見《いちみ》さんの土を蹴《け》り上げる音がどんどん近くなってくる。

心臓がはちきれそうだ！

「君はアスリートというよりエンターテイナーだッ！　まさかここまで盛り上げてくれるなんてね！」

「うるさい!!」

鼓膜が破れる！　耳元でそんな爆弾みたいな声を……って耳元!?

ちらりと横目で見ると、ゴールまで残り数十メートルというこのタイミングで、市見さんが俺に並びかけているじゃないか！

「しかしゴールテープを切るのはやはりアスリート！　つまり私だッ！」

「ぐうううううう!!」

マズイ、マズイ、マズイ。

ゴールはもうすぐそこなのに、追い抜かれてしまう。

せっかく蓮《れん》が、樋端《ひばた》さんが、そして佐藤《さとう》さんがバトンを繋《つな》いでくれたのに――負けてしまう。

俺のせいで2のAが負けてしまう。

極度の緊張か、それとも疲労か、もしくは市見さんの大声を間近で聞きすぎたせいか……

もはや何も聞こえなかった。

だ、ダメだ、追い抜かれるっ……！

絶望が思考を支配しようとしたその時――俺は確かに見た。

コースの外で、懸命に声をあげる彼女の姿を。

体中汗だくで、すりむいた両膝《ひざ》から血が滲《にじ》んでいて、顔は土で汚れている。

それでも懸命に、声をあげ続ける彼女の姿を――


「――押尾《おしお》君、頑張って！！」


……そうだった。

「ふんっ！」

俺は強く地面を蹴り、ここにきて更に加速した。

「なっ⁉　まだ脚を残していたのか⁉」

一度は俺を抜きかけた市見さんが、驚愕《きようがく》の声をあげて視界の外に消える。

そうだ、そうだ、そうだ……！

本来こんな体育祭のいち種目で負けたって、そのせいでクラスが負けたってどうってことはない。俺があとで謝ればいいだけの話だ。

でも……

「「うおおおおおッ」」

——カノジョにカッコ悪いところを見られるのだけは、イヤだ！
スローモーションに動く世界の中で、
弾丸みたく加速した市見《いちみ》さんと、
俺の身体《からだ》が並びかけて……

——タッチの差で、ゴールテープは俺が切った。

『——押尾颯太《おしおそうた》ゴぉぉぉル!!　したがって体育祭優勝は2のAぇぇぇっ!!』

「まけた……」

後ろから、ひどく小さな市見さんの声が聞こえた気がしたけれど、
最高潮に達した歓声の中でそれは、すぐにかき消えて、聞こえなくなってしまった。

「押尾君っ！」

佐藤《さとう》さんが駆け寄ってくる。

……ああ、あの嬉《うれ》しそうな顔。

あれを見れただけでも、頑張った甲斐《かい》があったよ。

俺は、彼女に何か気のきいたセリフの一つでも言おうと思ったんだけれど、あいにく肺が潰《つぶ》れそうなほどに痛んだので、

「……勝ったよ、佐藤さん」

とりあえずそれだけ言って、ピースサインを作った。

佐藤さんと学ぶ！
恋愛心理学講座（ミラーリング編）

こんにちは、佐藤《さとう》こはるです。

ネットで人気の恋愛クリエイター、mori先生が著した『今からモテる！　超・恋愛心理学講座』、通称『イマモテ』——

という恋愛ハウツー本が、さいきん若者の間で人気とかなんとか……昨日、ミンスタを見ていて知った。

先に断っておきたいんだけど、私は不特定多数の男子からモテたいわけではなく（考えるだけでもおこがましい）、恋人である押尾《おしお》君からモテたいだけなのでそれはお忘れなきよう……

——そんなわけで購入。イマモテ。

今日はここに書かれた超・恋愛心理学的テクニックで……

……え？　デジャヴ？　気のせいじゃないの？

まあいいや！　とにかく今日はここに書かれた超・恋愛心理学的テクニックで押尾君を惚《ほ》れ直させようと思います！

「どうしたの？　佐藤さん難しい顔して」

お馴染《なじ》み、cafe tutujiのテラス席。

向かいの席に座った押尾君が首を傾《かし》げている。

「な、なんでもないよ、押尾君」

私はそう答えると、押尾君と同じ角度で小首を傾げて見せた。

――ミラーリング効果。

自分と同じ動作を行う人間に親近感・好感を抱く、その心理効果のことを指す……とイマモテに書いてあった。

相手が腕を組めば、こちらも腕を組む。

頬《ほお》を掻《か》けば、頬を掻く。

頷《うなず》いたら、頷く。

こんな調子で小さな身振りや仕草を真似《まね》ていくと……あら不思議！　いつの間にかお互いの距離が縮まっている！　という魔法みたいなモテテクニックがあるらしい。

だから今日の私は、徹底的に押尾君の真似をすることにしたんだ！

「今日は久しぶりに天気いいね、まだちょっと風は冷たいけど」

そう言って、押尾君がティーカップに口をつける。

「そうだね」

私は答えて、自分の分のティーカップへ口をつける。

カップをソーサーに置くタイミングも合わせる。カンペキ。

と思っていたら……

「……なんか佐藤《さとう》さん、今日すごく見てくるね」

「えっ!?」

押尾《おしお》君が照れ臭そうに言う。

しまった！　押尾君のこと観察しすぎた!?

「わ、わ、わ、ごめん!?　私押尾君のことそんなに見てた!?」

「いや！　別にいいんだけど、正面からまじまじと見られると、ちょっと、さすがに恥ずかしいかな……?」

押尾君が照れ臭そうに後ろ頭を掻《か》く。私も顔から火が出るぐらい恥ずかし……

あっ、というかミラーリングしなきゃ!?　押尾君の真似《まね》をして後ろ頭を……

で、でも私押尾君に会うから今朝、結構時間をかけて髪セットしたんだけど!!

う、う～～っ！

「佐藤さんどうしたの……?」

押尾君が訝《いぶか》しげにパンケーキをつつく。

みっ、ミラーリング！

「えいっ！」

私はパンケーキをつついて、口に運ぶ。

「えっ」

……あろうことか、押尾君のパンケーキを。

「あっ」

しまった、と思った時にはすでに遅し。

パンケーキを口の中に含んだ私を、押尾君はびっくりしたような目で見つめていて……

「……佐藤さんお腹減ってたの？」

――ミラーリング作戦、失敗。

私は耳の先まで真っ赤になってしまった。

プレーリードッグ事変

三輪《みつわ》アニマルランドから帰ってきてからというもの、ひばっちの様子がおかしい……

「ねぇねぇ～、見てよみおみお、買っちゃったんだぁ、プレーリードッグのスマホケース」

「……また？」

ひばっちが満面の笑みで見せびらかしてきた新品のスマホケースに目をやって、私──五十嵐澪《いがらしみお》はきゅっと眉《まゆ》をひそめた。

また、まただ。

またひばっちの「プレーリードッグコレクション」が増えた。

元より、人一倍可愛《かわい》いもの好きのひばっちである。

どうやら三輪アニマルランドで初めて見た生のプレーリードッグにいたく感動したらしく、すさまじい入れ込み具合だ。

スマホの背景はプレーリードッグの写真に設定されているし、筆箱にはデフォルメ化されたプレーリードッグのキーホルダーがぶら下がっている。プリントを挟むクリアファイルにもプレーリードッグが印刷されており、昼休みにＩ　ＴＵＢＥ《アイチューブ》で何かを見ていると思えば言わずもがなプレーリードッグの動画だ。ＭＩＮＥ《マイン》でも無駄にプレーリードッグのスタンプばかり送られてくるのも補足しておこう。

朝から晩までプレーリードッグ、頭のてっぺんから爪先《つまさき》までプレーリードッグだ。ここまでくると何かの呪《まじな》いのようである。

ただでさえ、私の友だちには絶えず「押尾《おしお》君、押尾君」と鳴くのもいるわけで……こんな二人に挟まれているとこっちの頭がおかしくなりそうだ！

なんて思っていたある日の朝のことである。

「見て見てぇ、フェルトでプレーリードッグ作ってみたんだよぉ」

登校してきてみると、ひばっちの机の上にずらりと、プレーリードッグを模した羊毛フェルトが並んでいた。

さすがひばっち、手芸が得意なだけあって一瞬本物と見間違ってしまったほどの出来栄えだ。

「ひばっちは相変わらずプレーリードッグプレーリードッグなのね……」

「だって可愛いんだよぉ、ほらホンモノそっくりぃ」

私が呆《あき》れ半分に言ってみても、ひばっちはだらしなく頬《ほお》を緩めて、フェルトのプレーリードッグの頭を指の先で撫《な》ぜている。

これ、いつか本物を飼いたいとか言い出しそうだな～なんて思っていると……

「みおみお、ひばっち、おはよー」

押尾君押尾君と鳴く方でお馴染《なじ》み、佐藤《さとう》こはるが登校してきた。

ひばっちはすかさず見せびらかしモードに入って……

「ねぇねぇ佐藤《さとう》さん見てぇ～、こんなにいっぱいのプレー……」

「うん……?」

こはるが、ゆっくりとこちらを振り向く。

そしてひばっちの机を見るなり、両目を見開いて……

「――ネズミっ!?」

と悲鳴をあげ、ぴょんと後ろに飛《と》び退《の》いた。

「……………………ネズミ…………」

……このあと、私とこはるが一体どれだけの時間を費やして、落ち込むひばっちのフォローをしたのかは、思い出すのもいやなので記さないでおく。

ともかく、この日を境にひばっちのプレーリードッグ蒐集癖《しゅうしゅうへき》は、ぴたりと治まった。

芸術の秋

「秋といえば芸術の秋！　というわけで第一回cafe tutujiお絵描き大会の開催だ〜〜っ！」

……なんだか知らないうちに、俺のバイト先が得体の知れない大会の会場にされていた……

言わずもがな、こんなことを言い出すのはいつだって雫《しずく》さんだ。

というか前もこんなことなかったっけ？

「ルールは簡単！　皆にはこれから一人一枚、渾身《こんしん》のイラストを描いてもらいます！　審査委員長である私が独断と偏見で判断して一番うまかった人が優勝！　賞品は……このお店の経営権でいっか」

「雫さん、俺のバイト先兼住居を勝手に賞品にしないでください」

「じゃあ尺も短いのでちゃっちゃと進行していきましょう！」

無視だよ。

「まずは蓮《れん》！」

「できたぞ」

「おおっとこれは……猫！　猫だね!?　かなり写実的な……上手《うま》くもなく下手でもなく……超〜〜つまらない絵だ！　普段あんなにツッパってるくせに！　これはお姉ちゃん的に大減点！　こんなつまらない弟に育てたつもりはないんですけども……」

「ほっとけよ！」

「じゃあ次は麻世《まよ》！」

「こんな感じでいいかしら」

「こっ……これはぁ～～～っ⁉　なんの絵か全然分からないけどメチャクチャうま～～～っ⁉　麻世の圧倒的美的センスと人並み外れた色彩感覚が爆発している‼　マジでなんの絵か分からないけど！」

「ヒトデよ」

「あまりにハイセンスすぎる～～～‼　採点不可能！　失格‼」

「あらあら」

「次！　ソータ君！」

「いきなり言われたってこんなのしか描けませんよ……」

「これは……！　カニ‼　デフォルメされたカニだ！　決して上手くはないけど特徴をしっかり捉《とら》えている！　どことなく温かみを感じるタッチだ！　ソータ君得点！　景品ゲットに一歩近づいたね！」

「むしろ今まで遠ざかってたのが不思議でならないです」

「さあお絵描き大会も次でラストだ！」

無視だよ。

「では大本命のこはるちゃん！」

「え、えへへ、私実は絵にはちょっと自信あるんだ……小さい頃から絵を描くのが好きだったから……」

「おおっと!? こはるちゃんまさかの自信アリ！ 果たしてその出来栄えは――どわぁっ!?」

「えっ……!?」

「こはるちゃん……なにそれ……？」

「ぐ、グロ……っ」

「足の生えた肉団子……？」

「？ どうしたの皆？ 私の絵、なんか変だった？」

「さ、佐藤《さとう》さん……？ それなんの絵……？」

「なにって……ポメラニアンだよ？」

「ポメ……」

「……」

「…………」

「？」

「……………」

「……と、いうわけで」

「第一回！　cafe tutujiお絵描き大会の栄えある優勝者は押尾颯太《おしおそうた》～～～!!」

専守防衛。

かくして、俺はバイト先兼住居を守り抜いたわけであるが……

「？　雫《しずく》さん、結局私のポメラニアンは何点なの？」

その引き換えに、俺たちは最も身近な深淵《しんえん》を覗《のぞ》いてしまったわけである……

タピオカミルクティーのはなし

タピオカミルクティーというのはたいへん奥の深い飲み物だ——と、私、佐藤《さとう》こはるは分かったような口をきいてみる。

タピオカのくにくにした不思議な食感と、あと、ええと……ミルクティーが、美味《おい》しいよね？

あぁほら、食レポの才能が皆無なのにそれっぽいことを言おうとするものだからぐだぐだになってしまった。

まぁ要するに、私はタピオカミルクティーにハマったのである。今更？　とは思っても言わないで欲しいわけだけれど——ともかく！　タピオカミルクティーというのは奥が深い！

まず、ベースの種類が豊富だ！

スタンダードなミルクティーベースはもちろんのこと、フルーツティーをベースにしたものや、ヨーグルトをベースにしたもの、烏龍茶《ウーロンちゃ》ベース、抹茶ベース、カルピスベース、などなどなど……

もちろん主役となるタピオカも同様に、基本となる黒タピオカに黒糖を練り込んだもの、またはチョコを練り込んだものなどとバリエーションが豊富で、中には変わり種として、タピオカの代わりに本場台湾《タイワン》での代表的デザート、仙草ゼリーを使用したものや、ナタデココを使用したものなどもあるらしい。

……その場合、これをタピオカミルクティーと呼ぶのかはちょっと疑問が残るところだけれど、タピオカミルクティーというものはもはや概念にまで昇華したんだ。よって、これもタピオカミルクティーである、まる。

トッピングひとつとっても、押尾《おしお》君と飲んだミルクフォームトッピングをはじめとして、チーズクリームにクッキークリームなど、シンプルゆえに組み合わせは無限大だ！

ああタピオカミルクティー！　あなたは一体どこまで私をくるわせるのか……

ちなみに、タピオカはふつうキャッサバという芋のでんぷんから作られる。

しかしそうして作られたタピオカは水を吸って膨張するため、コンビニで売っているタピオカミルクティーのタピオカはたいてい黒く着色したこんにゃくが代用品として使われている。タピオカ特有のもちもち感はなくなるけれど、これはこれで……

なんて、一人脳内うんちくを展開しながらリビングのソファでタピオカ（こんにゃく）ミルクティーを楽しんでいた時のことである。

「そういえば、タピオカミルクティーって豚骨《とんこつ》ラーメン一杯分のカロリーがあるらしいよ、昼間テレビで見た」

お母さんが、バラエティ番組を流し見しながら、さらりと言った。

……夢の終わりとはかくも儚《はかな》いものである。

私はその夜、人知れずタピオカにも劣らない大粒の涙をこぼした。

ハロウィン

cafe tutujiのフラワーガーデンを、木枯らしが吹き抜けた。

吐き出す息が白みを帯びる一方で、かじかむ手指が赤みを帯びる。

もうすぐ冬が来て、今年も終わるのだ。

十月三十一日——今日はハロウィンである。

「ソータ君！　ハッピ〜〜ハロウィ〜〜〜ン!!」

今年一番のテンションでcafe tutujiへ入店してきたのは俺のよく知る人物——三園雫《みそのしずく》さんだ。

中華風ドレスに中華帽、額には符が貼られており、両腕は前方へ突き出されている。分かりやすくキョンシーであった。

「雫さん、ハッピーハロウィン」

「おっ？　ソータ君、おおっ？」

俺が作法にのっとって挨拶《あいさつ》を返すと、雫さんはいかにも興味深そうにこちらを見つめてきた。

そんなにまじまじ見つめられるのはやはり恥ずかしい。

——そう、cafe tutujiにもハロウィンは来る。

店の装飾や、メニューはもちろん、従業員でさえ例外ではない。

というわけで、俺もまた例年通りにハロウィンの仮装——今年は桜華祭《おうかさい》で使った吸血鬼のコスプレをそのまま流用した——で接客しているわけだが……

「はいチーズ」

有無を言わさず、スマホのカメラで撮られた。

いや、というか今まさに撮られている。カシャカシャとシャッター音が鳴り続ける。

「……何やってるんですか雫さん」

「気にしないで、いつか使えると思っただけだから」

「やめてもらっていいですか……」

仮装自体は毎年やっていることなので別に今更恥ずかしくはないが、この人に弱みを握られるのはなんだか危険な気がする。

雫さんとの攻防を繰り広げていると、続けて新たなお客さんがやってきた。

「颯太《そうた》君、ハッピーハロウィン」

雫さんとは打って変わって上品な声がしたので見てみれば、そこにはナース服姿の根津麻世《ねづまよ》さんが立っていた。

申し訳程度のゾンビメイク……さしずめゾンビナースということだろうか？

「ふふ、どう颯太君？　似合ってる？」

「それは、もちろん似合ってますが……」

こちらも雫さんに負けず劣らず気合いの入った仮装だが、どうしても胸元の大胆な露出へ目がいってしまい、言葉に詰まった。

太ももを大きく露出したキョンシー雫《しずく》さんと並ぶと、なんというか……ある意味一番日本のハロウィンらしい組み合わせだ。

正直、ちょっと目のやりどころに困る。

麻世《まよ》さんはそんな俺の内心に気付いているのかいないのか、にこりと微笑《ほほえ》んで言った。

「そう、似合ってるならよかった。じゃあ次は凛香《りんか》ちゃんの番ね」

……ちなみにだが凛香ちゃんの存在には初めから気付いていた。

恥ずかしいのか麻世さんの背後に隠れているが、大きな帽子がはみ出している。

「う、ううっ……」

凛香ちゃんはたっぷりの間をあけて、いよいよ観念したように、麻世さんの背中からおずおずと歩み出てくる。

黒いレースのワンピースに黒い手袋、両手に握りしめたホウキもそうだが、なにより目を引くのはつばの広い三角帽子だ。

言うまでもなく、魔女のコスプレである。

「お、押尾《おしお》さん……ハッピーハロウィン……」

「凛香ちゃんハッピーハロウィン」

「……その、押尾さん」

「うん？」

凛香ちゃんが大きな三角帽子の下から上目遣いにこちらの様子を窺《うかが》いながら、おそるおそる尋ねかけてくる。

「あたし、これ……似合って、ますか……？」

「うん、すごく似合ってるよ」

「……そうですか」

それだけ言うと、凛香ちゃんはすすす、と再び麻世さんの陰に戻ってしまった。

中学生だし、やっぱり人前でコスプレは恥ずかしい年頃なんだろうか？　せっかく似合っているのに勿体《もったい》ない……

と、そんな時だった。

「お、押尾君！　ハッピーハロウィ……」

この声は——佐藤《さとう》さん!?

俺は、それこそ光の速さで声のした方へ振り向いた。そりゃあ、佐藤さんの仮装なんて見たいに決まっている！

僅《わず》かコンマ数秒の間に期待で胸を膨らませながら、そちらを見やると——

「……」

こちらを見つめたまま、石像のように固まる佐藤さんの姿があった。

佐藤《さとう》さんはこちらの予想に反して制服姿で、頭には猫耳のカチューシャ、そしてお尻《しり》から尻尾《しっぽ》を生やしている。

……猫の仮装？

なんにせよ、いかにも百円均一で揃《そろ》えられそうなチープなコスプレ（正直コスプレと呼んでいいのかも怪しい）だ。

佐藤さんはしばらくそのままの体勢で固まって……突然頬《ほお》を真っ赤に染めると、それこそ猫のように素早く身を翻して、その場から逃げ出してしまったではないか。

「逃げた」

「逃げたわね」

「あの猫捕まえろ!!」

雫《しずく》さんの言葉を合図に、女子三人組が佐藤さんを追いかける。

キョンシーとゾンビナースと魔女が猫女子高生を追い回す、そんな世にも奇妙な光景が目の前に広がっていた。

「――だってみんなこんなに本気で仮装するなんて聞いてなかったんだもん!!」

猫佐藤さんはなにやら珍妙な鳴き声をあげていたが、すぐに捕獲され、雫さんに写真を撮られまくってしまう。

……ちなみに皆が佐藤さんをからかっていたおかげで、俺は人知れず九死に一生を得ていた。

これ以上猫佐藤《さとう》さんを直視していたら、危うく正気を失ってしまうところだ。

こんな安っぽい仮装でもこんなありさまなんだから、本当に、自分でも呆《あき》れてしまった。

それと、今年の父さんの仮装——フランケンシュタイン——が、あまりにもしっくりきすぎて危うく警察を呼ばれかけた件については、また別の機会に語ることとする。

孤独のスイーツ

私——佐藤《さとう》こはるが、今日も今日とて日課のミンスタ巡りに勤《いそ》しんでいたところ、桜庭《さくらば》市内某所に、たいへん映《ば》える喫茶店があるとの情報をキャッチした。

眞壁《まかべ》珈琲《コーヒー》店、というらしい。

お店の場所を調べてみたところ、遠くはあるけれど、決して歩いて行けない距離じゃない。

こうなればミンスタグラマーを目指す私が出向かない理由はなく、善は急げと学校の帰りに、ぼっちで例の喫茶店までやって来たわけだけど……

「ここ、だよね……？」

路地裏にぽつんと佇《たたず》む一軒の喫茶店を前にして、私ははっきり言って尻込《しりご》みしてしまっていた。

煉瓦《れんが》造りの壁を薄く照らすランタンの光。

映画でしか見たことのないような鉄枠の木扉。

そして細長いガラス窓からは、窓辺に並ぶ背の高いサイフォンが覗《のぞ》けた。

率直に言って、あまりにオシャレが過ぎる。

ぼっちには辛《つら》い。すでに帰りたい……

なんて臆病《おくびょう》風に吹かれて店先に立ち尽くしていたところ、ふいに木扉が開いて、中から店主らしき男性が顔を出した。私はびくんと肩を跳ねさせる。

悲鳴をあげなかったのは、我ながらえらい。

「……？　いらっしゃいませ、二階は禁煙で、一階カウンターが喫煙席になりますが」

「あ、う……っ、そ、その……」

でも偉かったのはそこまでで、あとはもうマトモな言葉すら出なかった。

金魚みたいに口をぱくつかせて目は泳ぎ放題、頭もパンク一歩手前だ。

店主さんが怪訝《けげん》そうに眉《まゆ》をひそめている。

怪しまれている？　当たり前だ！　こんな怪人物、通報されたって仕方がない！

なにか、なんか言わなきゃ……！

パニック状態に陥り、必死で打開策を見つけるべく視線を巡らせたところ、窓辺に並んだサイフォンが目に入り、私は「これしかない！」と一声。

「――ごっ、ごめんなさいっ!?　私、コーヒー苦くて飲めないんですっ!!」

最後の勇気を振り絞って叫び、私は一目散にその場から逃げ出した。

完膚なきまでの敗北である。

私は燃えるような羞恥《しゅうち》を振り払うように桜庭の街を全速力で駆け抜け、しかしたいしてスタミナはないのですぐにバテてしまって。息も絶え絶えになりながら、自動販売機からホットのミルクティー缶を購入した。

……はたして私は、高校三年間のうちに立派なミンスタグラマーになれるのだろうか。
底抜けに甘いミルクティーをちびちびと舐《な》めながら、私は白い溜息《ためいき》を吐《つ》いた。

クリスマス

これはまだ私が——佐藤《さとう》こはるが幼い頃の記憶だ。

その年は、初めて家の外でクリスマスを祝うことになった。

お父さんの仕事が特別忙しくって、事前に私へのプレゼントを買いに行く暇がなかったから当日家族でのお出かけがてらプレゼントを買いに来たとか、確かそんな感じだったと思う。

桜庭《さくらば》から車で一時間ほどの地方都市。

イブの街は、まるで魔法をかけられたみたいにキラキラしていて、そして大人も子供もみんな楽しげだった。

私ももちろん、楽しかった。

初めて入るファミリーレストランで家族と一緒に食べたハンバーグはきっと人生で一番美味《おい》しかったし、プレゼントに買ってもらったポメラニアンのぬいぐるみは一生大事にしようと思えた。

そのうえ家に帰ればクリスマスケーキが食べられるのだと思うと、もう嬉《うれ》しすぎてどうにかなっちゃうんじゃないかって感じで。

……でも、そんな楽しい時間を一変させてしまう事件があった。

今でもはっきり覚えている。

家族でアーケードの人混みを歩いていたら、あるものが私の目に留まった。

某有名チョコレートブランドの店頭販売だ。

クリスマスツリーを模した缶の容器に、ツリーの飾りに見立てたチョコレートがいくつか収まった季節限定のお菓子。サンタ帽をかぶった店員さんが微笑《ほほえ》みかけてきた。

高校生になった今となっては特別珍しいものではないけれど、当時の私にとってソレはこのうえなく素晴らしいものに見えたのだ。

だからこそ、自然と言葉が出てきた。

「あれほしい！」

幼い私が目を輝かせながら発したその言葉に、別段深い意味なんかなかった。

ただ「ほしい」と思ったから「ほしい」と口に出しただけ。

実際お母さんもそれを理解していたから「そうだね可愛《かわい》いね～」なんて適当に相槌《あいづち》を打って流してくれたわけで……

――でも、お父さんはそれを聞き流さなかった。

「プレゼントは一つまでとあらかじめ約束を交わし、こはるはぬいぐるみを選んだはずだが？」

……今思い出しても、なんて意地悪で大人げない言い方だろうと思う。

お父さんは多分、至極当たり前のことを娘に諭しているつもりだったんだろうけど……いかんせん私はまだ幼かった。「お父さんが怒っている」と勘違いしてしまうほどには。

子ども相手にさすがにマズイとお母さんも思ったのだろう。

「でもぬいぐるみだって大した値段しなかったし、今時珍しい安上がりな子よ？　チョコレートぐらいいいんじゃない？」

なんて、フォローを入れてくれる。

でも、このお母さんの優しさがかえって火に油を注ぐ結果となってしまった。

「金額の問題ではない。清美《きよみ》、こはるを甘やかすな、私は娘を自分で交わした約束も守れない人間にはしたくない」

「約束って……まだ7歳よ？」

「だから今のうちに教育している。それが親の務めだろう？　私はこれを怠るような父親にはなりたくない」

「……なにその言い方？　私が務めを果たしてないって？」

「私がいつそんなことを言った、役割の話をしているんだ私は」

お父さんの言い方も悪いけど、たぶんお母さんもはしゃぐ私を連れて歩き回ったからちょっとイライラしていたんだと思う。いつの間にか二人まで険悪になってしまった。

この時の私はもう、チョコレートなんてどうでもよくなっていた。

ただ自分の中にあったのは「どうやら私の不用意な発言で、お父さんとお母さんを怒らせてしまったらしい」ということだけ。

「おとうさん……おかあさん……！」

――私は、二人に嫌われてしまったのだろうか。

口論する二人を見上げていると、そんな考えが頭を支配した。

でも、幼い私にはどうしたらいいか分からなくって……

「っ！」

選んだのは、その場から逃げ出すことだった。

両親の気を引けば喧嘩《けんか》を止められると思ったのかもしれない。

こぼれそうになる涙を堪《こら》えながら、アーケードの人混みを走って、走って、走り続けて……

気が付くと、

「……あれ？」

近くにはお父さんもお母さんもいなくなっていた。

取り返しのつかないことをしてしまったと気付いたのは、そのすぐあとだった。

「お、おとうさん……？　おかあさん……？　どこ……」

口の中で小さく呟《つぶや》いて、きょろきょろとあたりを見回す。

二人の姿が見えないどころか、目に映る景色にすら見覚えがない。

耐えきれないほど胸がざわめいて、私はいっそう強くぬいぐるみを抱きしめる。それがなかったらとっくに大泣きしていたことだろう。

「おとうさん……！」

見知らぬ土地で迷子になってしまったという事実が、私の焦燥を掻《か》き立てた。

さっきまでは楽しげに見えたアーケードの様子も、今は恐怖の対象でしかない。

「おかあさん……！」

アーケードのど真ん中で、目で追いきれないぐらい大勢の楽しそうな人たちが、視界の外から現れては、頭上を通過して消えてゆく。

私は必死でお父さんとお母さんを探すけれど、どこにも見つからない。

幸せそうな家族、大学生のカップル、路上パフォーマー、酔っ払いのおじさん、杖《つえ》をついたおばあさん、不審がってこちらを見てくる店員さん……

だんだんと呼吸が苦しくなって、眩暈《めまい》までしてくる。

キャン！　と散歩中の犬に吠《ほ》えられた。

「ひっ!?」

私は驚いて、また走り出した。

どこか、どこか人通りの少ないところへ――

そう思った私がたどり着いたのは、アーケードの中央にある大きなクリスマスツリーの下だった。

きっと、アーケードの目玉なのだろう。

ツリーはてっぺんの星飾りが見えないぐらい大きく、周囲に大勢の人が集まっていた。

「はぁっ……はあ……」

私はツリーの下の人が少ない場所を見つけてうずくまった。

ぬいぐるみに顔を埋《うず》めると、今まで我慢していた涙がぽろぽろこぼれてくる。

「う、ううう……」

寒い、手袋の下の指が痛い。吐き出す息も白くって、身体《からだ》も震える。目頭だけが熱い。

……楽しいクリスマスがどうしてこんなことになっちゃったんだろう。

いや、分かっている。私がワガママを言っちゃったせいだ。

サンタさんは私が悪い子だと知ったら、もうウチには来てくれないだろうな。

……お父さん、お母さん、ごめんなさい……

もうワガママなんて言わないから、だから見つけてください……

そんな風に願ってみても、すごい数の人で溢《あふ》れかえったアーケードの中で、お父さんとお母さんが都合よく私を見つけ出してくれるはずもなくって……

「――ねえねえ、きみ」

不意に、すぐ隣から声がかかった。

顔をあげると……いつからそこにいたのだろう、ちょうど私と同じぐらいの年の男の子が、こちらを覗《のぞ》き込んでいた。

当時から極度の人見知りだった私は、びくりと震えて、返事すら返せない。

でも彼は構わず話し続けた。

「みてみて、これね、じぶんでつくったんだ」

「……？」

言われた通り見てみると、彼の腰のあたりになにやら段ボールでできたオモチャのようなものが巻き付けられている。

今でも覚えているけれど、ソレは自分と同じぐらいの年の子が遊びで作ったなんて到底信じられないぐらいクオリティの高いものだった。手先の器用な子だったのだろう。

「へんしんベルトー、じゅわーん」

私は特撮を知らないので「じゅわーん」がなんの効果音だったのかも、彼がとったポーズの意味も分からなかったけれど……

少なくとも、彼に興味を引かれた。

「……あなた、ひとりなの？」

「おとうさんとおかあさんときてるよ」

「どこにいるの？」

「わかんない、ぼくまいごだし」

「えっ」

段ボールのベルトをいじりながらさらりと答える彼に、私は驚いてしまった。

彼は更に続ける。

「おとうさんもおかあさんも、まいとしクリスマスになると、サンタさんのフリしてぼくをおどろかせるために、あーけーどにプレゼントをかいにくるんだ。ぼくはしらないフリをしなくちゃいけない。ぼくはこのベルトがあるからいらないっていってるのに……」

「……サンタさんっていないの!?」

全然関係ないところでショックを受ける私。

サンタさんの不在を知ったのは、7歳のクリスマスイブである。

「そのかいもののとちゅーで、はぐれちゃった」

彼はまるでそれが自分のことでないかのように、冷静に言った。

とてもじゃないけれど、自分と同じ境遇とは思えない。

私なんか、この世の終わりみたいな気持ちなのに……

「あなた、どうしてそんなへーキそうなの……?」

「なにが?」

「だって、もしおとうさんとおかあさんがみつけてくれなかったら……」

「みつけてくれるよ、ここのツリーがいちばんおおきいから、はぐれたらここにあつまるようヤクソクしたの」

「……！」

衝撃、衝撃だった。

当時の私には彼が、とてつもない天才か何かに見えていた。

「きみもまいご？　ここでまってればくるよ、たぶん」

なんにせよ、彼が同年代と比べても信じられないぐらい大人びた子どもだったのは、もはや言うまでもない。

……そして私は、そんな大人びた彼と比べてしまった。

自分のワガママで楽しいクリスマスをめちゃくちゃにした、どっかの子どもじみた子どもを。

「……こないかも」

「え？」

「……おとうさんとおかあさん、こないかも」

私を諭そうとするお父さんの、厳しい口調を思い出す。

お父さんは常々口癖《ぐせ》のように言っていた。ヤクソクを守らない人間は嫌いだと。

「わたしワガママだから、おとうさんとおかあさんに、きらわれちゃったかもしれない……」

自分で言ったくせに、また悲しくなって涙がぽろぽろこぼれてきた。

……本当にお父さんもお母さんも来なかったら、どうしよう。

私はずっとこのツリーの下で、凍えて待ち続けることになるかも……

今となってはありえないと分かる妄想……でも当時の私は本気でそんなことを考えていた。

そしたら、隣の彼がおもむろに、

「ちょっとまっててね」

と言って、足元にあった紙袋から何か箱状のものを取り出した。

「……？」

彼は小さな手で無造作に包装紙を破いて、中身を取り出す。

小さなクリスマスツリーが、彼の手の内にあった。

「……それ」

それは私がついさっき欲しがった——ある意味因縁のチョコレート缶である。

「おかあさんからのクリスマスプレゼントなんだ」

彼はそれだけ説明すると、躊躇《ちゅうちょ》なく缶をあけて……

「——はいこれ」

中のチョコレートを一粒、私へ手渡してきた。

私の手の内で、金の包み紙がきらきらと光を反射する。

「ど、どうしてわたしに……？」

「ぼくもよくわからないんだけど」

彼はそう前置きをして、自らも口の中へチョコレートを放り込むとこう続けた。

「おかあさんがいってた――チョコレートはとくべつなときに、とくべつなひととたべるから、とくべつなおかしなんだって」

「とくべつ……？　わたしが？」

「だってまいごなんでしょ？　とくべつじゃん」

……言われてみれば、確かにそんな気がした。

「きみのおかあさんとおとうさんにとっても、そうだとおもうよ」

「……そうなのかな」

「ためしてみようか？　トクベツかどうか」

「えっ？」

「なまえ、おしえてよ」

いきなりなんだろうとは思いつつも、私はややあってから……

「さとう、こはるです」

「さとうこはるね」

彼は口の中でころころ転がしたチョコレートを時間をかけて溶かしきると、突然その場から立ち上がり――一声。

「――さとうこはるさんのぉ――っ！　おとうさんとおかあさんはぁぁ――っっ！　いらっしゃいますか――っ!?」

……それはとても、とても大きな声だった。

彼の声はアーケードの喧騒《けんそう》を、確かに一瞬切り裂いて、近くにいた人たちが一斉にこちらを振り向く。

それからすぐのことだった。

遠くの方で、人混みをかき分けながら一直線にこちらへやってくる人影を見つけたのは。

「――こはるっ!?」

お父さんだ。

いつも涼しい顔をしているお父さんが――初めて見た、心底慌てた表情で私の前に現れたのだ。真冬だというのにメガネを真っ白に曇らせ、乱れた髪で、汗びっしょりで……

遅れて息を切らしたお母さんも現れる。

「おとうさん!?　おかあさん!?」

「っ！」

お父さんがすごい速さでこっちへ駆けてくる。

後にも先にも、お父さんが本気で走るところを見たのはこの時だけだった。

「こはる!?　怪我《けが》は!?　大事ないか!?」

「え、うう、な、ないよなにも……」

「よかった……！」

「はぁっ、はぁっ……よかった本当に……」

……子どもの目からでも、二人は、私の無事を心から安心しているようにしか見えなくて。

結局、彼の言う通り、私は「特別」だった。

私を抱きしめるお父さんとお母さんの温かさに包まれていたら、安心感からまた涙がこぼれそうになって……ふと、彼のことを思い出した。

そうだ、彼にお礼を言わないと——！

「あれ……？」

彼がいない。周りを見渡してみても、どこにも彼の姿がない。

彼も、お父さんとお母さんが迎えに来たのだろうか？

私は彼の名前を呼ぼうとして……そういえば、名前を聞いていなかったことに思い至った。

……いつかまた彼と会える日がくるのだろうか？

私は手の内のチョコレートの包み紙が、キラキラと金色に輝くのを眺めながら、ぼんやりとそんなことを考えていた。

彼がくれたチョコレートは、ちょうどツリーのてっぺんと同じ、星のかたちだった。

♠

「――びっくりしたよ、颯太《そうた》、ちょっと目を離したら突然消えて突然現れるんだもん」

と、僕を肩車したお父さんが言う。

これに「そうよ！　心配したんだから」とお母さんも乗っかった。巨人の肩に乗った僕のことを見上げて、ぷんすかと頰《ほお》を膨らませている。

お父さんは背が高くて身体《からだ》が大きいので、ここからの眺めは絶景だ。

あと、人混みの中にいたってすぐに見つけられるというリテンがある。あのクリスマスツリーみたいだ。

「颯太はいったい何をしてたんだい？」

「んー、ちょっとひまつぶし」

「へー暇潰《ひまつぶ》しかあ、ごめんね暇させちゃって」

「べつにいいよ」

「ちょっとパパ！　颯太に甘すぎ！　もっとちゃんと怒って！」

遥《はる》か下の方で、お母さんがまたぷんすこ怒り出した。

お父さんが「あ、ごめん！」なんて、大きな身体で小さく謝っている。

……大人は不思議だ。

どうして怒りたくもないのに、無理してでも怒らなくてはいけないのだろう。

「こほん……颯太？　パパもママも心配したんだよ、もう少しでおまわりさんに聞きに行くところだったんだからね？　勝手に離れちゃダメじゃないか」

「…………ところでおとうさん、ほしかったものはかえた？」

「えっ」

ここからだとお父さんの顔は見えないけれど、あからさまに動揺していた。

それはお母さんも同じだ。

「か……買えたさ！　もちろんね！　買いたい物が買えてパパ満足！　ねえママ⁉」

「え、ええ！　とてもいいものよね、あれは……筋トレグッズ！」

「そう、それだよ！」

「……ふうん」

……お父さんとお母さんは、きっと気付いていないんだろうな。

実は僕がずっと前からサンタの正体に気付いていること。

そして……あまりにも嘘《うそ》がヘタな二人に気を使って、わざわざ姿を消してまで暇を潰《つぶ》してきてあげたことも……

「そっか、よかったね」

まあ僕はできた子どもなので、それについてとやかく言ったりはしないけど。

それに……そのおかげで、なんだか面白い子にも会えたわけだし。

「……またあえるかなぁ」

　チョコレートを口の中でころころ転がしながら、僕はぽつりと呟《つぶや》いた。

　ちなみにこれは余談だけど、その年のサンタさんは僕の枕元《まくらもと》に腹筋ローラーを置いていった。

　……あまりにもばかばかしくなったので、翌朝サンタさんの正体を暴いてやって、お父さんはショックでしばらく寝込んだわけだけど、それはまた別のおはなし。

初詣

〝ごめん初詣《はつもうで》行けなくなった〟

「……は？」

一月一日、元日の朝、自室のベッドにて。

山のようなあけおめＭＩＮＥに紛れて、颯太《そうた》からこんな一文が届いたのを見て、俺は思わず顔をしかめてしまった。眠気なんか一瞬で吹っ飛んでしまった。

「おい嘘《うそ》だろ……」

俺は慌てて通知をタップし、押尾《おしお》颯太のトークルームを開く。

そこには、あいつにしては珍しい長文でこうあった。

〝ごめん初詣行けなくなった

胃腸炎になったみたいでベッドからうごけない

ほんと申し訳ないけど折れぬ気でいってくれ！

円花《まどか》ちゃんと佐藤《さとう》さんにも謝っておいててほしい、、

ほんとにごめん〟

……誤字だらけの文章の端々から、颯太の消耗具合が伝わってきた。

わしわしと頭を掻《か》く。

「年末年始に胃腸炎て……飲みすぎたサラリーマンかよ……」

はぁ――っ……と、大きな溜息《ためいき》を吐き出す。厄介なことになった。

そもそも初詣なんて俺は最初から乗り気じゃなかったんだ。

外はさみーし、雪が積もって歩きにくいし、靴も濡《ぬ》れるし、眠いし、クソ混んでるし、第一初詣自体ジジ臭くて好きじゃない。

それでも颯太がどうしてもと言うから、こんな朝っぱらからマウンテンパーカを羽織って、防寒対策をカンペキにして待っていたというのに……

「……いや、颯太を責めても仕方ねえな」

あいつの性格だ。

どうせ今頃腹の痛みと罪悪感のダブルパンチでうんうん唸《うな》っていることだろう。仕方ないからそれでチャラにしてやる。

厄介なのは、今日の初詣に円花と佐藤さんも来るということだ。

俺一人なら初詣なんてイベント知らんふりを決め込むが、あの二人が来る手前、こんな直前になってやっぱり俺も不参加というのはよろしくない。

なにより、颯太から「謝っておいてほしい」と頼まれてしまったわけだし……

「はぁ――っ……」

もう一度大きな溜息を吐き出す。

……本当に、本当に気分が乗らないけど。

「行くか……初詣《はつもうで》」

休み明け、颯太《そうた》にはラーメンでもおごってもらおう。


そんなわけで、俺はこのクソ寒い中、馬鹿《ばか》みたいに積もった雪を踏みしめながら、待ち合わせ場所の神社前までやってきたわけだが……

「……あ?」

ダウンジャケットを着た円花《まどか》が一人、待ち合わせ場所で白い息を吐いているのを発見して……なんだか嫌な予感がした。

「円花、早いな」

「……ああレン、来たのか」

「佐藤《さとう》さんは?」

「あー……」

円花が気まずそうにぽりぽりと頰《ほお》を搔《か》く。

この流れは……

「……昨日、コハルんちに泊まったんだよ、そしたらアイツ『絶対に初日の出を見る!』とかはしゃぎだして、アタシは付き合いきれねえからって先に寝たんだけど、アイツはその、本当に朝まで起きてたみたいでさ、要するに……」

「……」

「……全然起きねえから置いてきた」

「はぁ――っっ……」

本日三度目の溜息《ためいき》、新年から縁起が悪い。

あのカップル、そんなとこまで似なくていいだろ……

「こっちもだよ、颯太、胃腸炎」

「マジか、大丈夫だったのか？」

「年末の疲れが出たんだろ、あいつ体調崩す時はいっつも胃腸からなんだ。気にしなくても大丈夫だよ」

「そ、そうか……」

ああ、あの仲良しカップルはどうせ大丈夫だ。今頃二人仲良く同じ初夢でも見ていることだろう。

それよりも困ったのはこの状況だ。

「結局、俺たちだけかよ」

「……そうだな」

一番盛り上がっていたあの二人が不在で、本来こういうイベントに一切興味のない二人が残ってしまった。なんの集まりだよ、これ。

円花《まどか》なんてわざわざ大晦日に電車を使ってまで桜庭《さくらば》に前乗りしたというのに……

「……蓮《れん》はこういうの興味ないもんな」

円花が俯《うつむ》きがちに、ぼそりと呟《つぶや》いた。

「興味ねーよ、ジジ臭え」

「……だよな」

どこか寂しげに円花が笑う。

近くで見ると、鼻の頭が赤くなっているのが分かった。

……もしかして結構前からここで待っていたんだろうか？

いつも思うが、円花は変なところで几帳面だ。

「じゃあ解散……か、お互い災難だったな、レンも風邪引くなよ」

「——仕方ねえ、二人で初詣《はつもうで》するか」

「え？」

なにやら勝手に帰ろうとしていた円花が、鳩《はと》が豆鉄砲でも食らったような顔で振り返った。

「や、やるのか初詣？　レン、こういうの嫌いなんじゃ……」

「こんな寒い中わざわざ出てきたんだ、ただUターンして帰るだけなんてそれこそバカみてえだろ、ほら行くぞ」

「え、ちょっ……!?」

俺は有無を言わさず円花の手を取った。

さっきから忙《せわ》しなく動かしてると思ったら、案の定指の先まで冷え切っている。手袋ぐらいしてこいよ。

「とりあえず甘酒でも飲むぞ、無料で配ってんだ」

「……うん」

あの円花が、珍しく大人しい。

「……新年早々に縁起がわりいな」

「どういう意味だコラっ」

「いって」

脇腹《わきばら》を小突かれる。

これだけしっかり着込んでても痛かった、馬鹿《ばか》力め。


「……ホントに縁起わりいじゃねえか」

参拝を終えたあとのこと。

おみくじに書かれた「大凶」の二文字を見て、俺は苦虫を嚙《か》みつぶしたような表情を作った。

……初めて引いたぞ、大凶なんて。

「ははは、大凶、だせー」

「うるせえ、お前も人の事言えねーだろ」

やけに機嫌のよさそうな円花《まどか》だが、末吉である。

ネタにもならん中途半端な運勢のくせに……

「『やることなすこと全て裏目に出る』、あはははははは」

「くそっ……」

どうやら俺が不幸であればそれだけでハッピーらしい。

悔しいので、何か一つぐらい良いことが書いてないものかと、おみくじを睨《にら》みつけると……

「おっ『しかし待ち人くる』だってよ」

「えっ……」

「はっ、こんなん今更分かり切ってるけどな、俺待ってるだけでめっちゃモテるし」

どうだ？　少しは悔しそうな顔をしているか？

「……そっか」

「あん？」

なんだよその薄い反応、煽《あお》り甲斐《がい》がないぞ。

そう思っていたら、円花はおもむろにぽつりと、

「……全然関係ないんだけどさ、アタシ今日子どもの頃の夢見たよ」

「は？　なんだよいきなり」

「だから全然関係ないって言っただろ！　とにかくそういう夢を見たんだよ、レンとこの神社で遊んでる時の夢」

「俺と円花が？　……そんなことあったか？」

「アタシも覚えてないんだよ、本当にあったことなのか、ただの夢なのか……なあ初夢って見るとどうなるんだっけ？　縁起がいいんだっけ？」

「知らねー、てかマジでなんでなんだよその話？　脈絡もねえし」

「……だから関係ないって言っただろ」

そう言って、円花はそっぽを向いてしまう。

……今日の円花はとりわけ様子がおかしいな、扱いに困る。

なんて思っていた矢先のことだった。

「――あれ？　待って待って、蓮《れん》じゃーん！」

突然、視界の外から名前を呼ばれる。

振り返ってみると……見覚えのある女子数人のグループを発見した。

「ああ、お前らも来てたんだ」

今朝大量に届いたあけおめMINE《マイン》の、内いくつかの送り主たち。

すなわちクラスメイトたちの一団が、グループで初詣《はつもうで》に来ているらしかった。

驚くべきことに着物まで着付けて。

……さすがイケてるグループはイベントごとに対する気合いの入り方が違うね。

「うわ――！　一週間？　二週間ぶり？　あけおめあけおめー！」

「蓮《れん》、絶対初詣《はつもうで》とか嫌がるタイプだと思ってたわー、意外すぎー、うぇー」

「おみくじ引いた？　おみくじ引いた？　アタシねー大吉ー！」

「正月から元気だね、お前ら」

「あ、そうそう！　アタシらこれからファミレス行くんだけど蓮もくるー？」

「マジ？　マジで言ってんの？」

女子グループからのこの手の誘いは、別に珍しいわけではない。ただ純粋に彼女らのバイタリティに驚いただけだ。

円花《まどか》も圧倒されているのか、さっきからずっと無言で……

「……レンはモテるな、やっぱ」

と思ったら、いきなりそんなことを言い出したので、また驚いてしまった。

「ん？　おお、まあな」

とりあえず適当に返事をしておいたけど……どうも今日の円花は様子が変だ。調子が狂うな。

ま、なんにせよ……

俺は彼女らに向き直って、ひらひらと手を振りながら言った。

「――悪いけど、今は女と来てるからパス」

「……!?」

「「えぇ～～っ」」

「んじゃ、そういうわけだからさ、ほら行くぞ」

「えっ、お、おいレンっ、ちょっと……！」

余計なことを聞かれる前に、俺は戸惑う円花の手を取ってその場から逃げ出した。

そして、あの女子たちが見えなくなったあたりで……

「――ま、待てコラ！　レン！」

「うおっ」

円花に手を振り払われた。

ほんの少ししか走ってないのに息が上がって、顔も真っ赤だ。

「おいまだ立ち止まるなよ、また他の知り合いに会ったら面倒だし」

「ま……待てって言ってんだろ！」

うおお……すっげえ迫力、腐ってもマイヤンだな……

「誰がいつお前の女になったって!?」

「……は？」

「さっきあの女子たちに変な紹介してただろ！」

円花《まどか》は犬歯を剝《む》き出《だ》しにして、今にも嚙《か》みつかんばかりの勢いだ。

……なんだ、そんなこと気にしてたのか。

やっぱ緑川《みどりかわ》なんて田舎で育ってると、どうしてもウブになっちゃうのかね。

「な、なんで笑うんだよっ！　ぶん殴るぞ!?」

「俺は女と一緒にいるって言っただけだし、お前らが勝手に勘違いしただけだろ」

「……あっ」

ま、わざと勘違いする風に言ったんだけどな。

元旦からクラスメイトとファミレスでお喋《しゃべ》りなんてするほど元気じゃないんだよ、俺は。

「あいつらいっつもしつけーからああいう風に断っただけ。……円花はドラマかなんかの見すぎじゃねーの？」

「こ、このっ……！」

大凶の仕返しとばかりにからかうと、円花は顔を真っ赤に染めて、拳《こぶし》を振り上げた。

おっ、こりゃいつもの「照れ隠しパンチ」がくるぞ。

俺は目をつぶって、パンチに備えて……

しかし、いつまで待ってもソレは飛んでこなかった。

「……？」

不思議に思って目を開けると、円花は拳を下ろしていた。

……マズイ、傷つけてしまったか。

内心慌てていると、円花はぽつりと、

「……それでも嬉《うれ》しかったよ」

「なっ」

予想していなかった反応で、一瞬言葉に詰まった。いや、詰まってしまった。しまった――と思ったが、時すでに遅し。

円花は俺の顔を見て、頬《ほお》を赤らめたまま、勝ち誇った笑みを浮かべた。

「仕返しだ、バーカ」

「……けっ」

……本当に成長しないな。

お前も、俺も。

「あ――、走ったら腹減ってきたわ」

「今からあの女子たちのとこ戻って『やっぱ仲間に入れてくださいよ～』って頼んでくりゃいいじゃん大凶男」

「実際にやったら泣くクセに……いった！」

「誰が泣くかよバカ！」

「ボコスカ殴んな！　はぁ、コンビニでも寄るかな……」

「……なあレン」

「あ?」

「実は……その、カナ婆《ばあ》がおせち作っててさ」

「ああ、あの緑川《みどりかわ》の民宿の婆さん」

「アタシもちょっとだけ作るの手伝ったんだけど……多分、カナ婆だけだと、食べきれないかもしれなくって、その……」

らしくもなく口ごもる円花《まどか》。

……ああ、なんとなくだけど、今日の円花の様子がおかしかった理由が、今更になって分かった気がする。

まあ、どうせ口に出したところで怒って誤魔化《ごまか》されるだけだろうから、言わないけど。

「そうだな、タダっていうのは嬉《うれ》しいな、このまま家に帰っても、どうせめんどくせー挨拶《あいさつ》周りさせられるだけだし」

「じゃ、じゃあ……!」

「——円花を送るついでに緑川まで行くか」

「……うん」

……嬉しそうな顔しやがって。

まあ、たまにはこういう正月もいいんじゃないかな。

気まぐれ、気まぐれだ。

続・バレンタイン

「颯太《そうた》ー、いい加減元気出しなよ」

「……」

夕方のcafe tutuji、そのテラス席にて。

絞ってない雑巾《ぞうきん》みたくテーブルに突っ伏していたら、とうとう父さんから声をかけられた。

……俺は一体どれぐらいこうしていたのだろう。

なんだか一年近くテーブルに突っ伏していたような気さえする。

もちろんそれは錯覚で、実際には一時間ぐらいだと思うけど……

「こはるちゃんからチョコもらえなかったぐらいでいつまで拗《す》ねてんのさ」

「グゥっ!!」

胸がえぐられたのかと思った。

父親のくせに、もう少しオブラートに包んだ言い方ができないのだろうか……？

「……もらえなかったんじゃなくて受け取り損ねたんだよ……！」

主に三園蓮《みそのれん》とかいう悪魔のせいで。

……ま、どっちでも同じような意味か、ははは。

はぁ……

「いつまでもそんなことしてると風邪引くよ、そうだ、父さん特製のプロテインパンケーキ作ってあげようか」

「それマジでマズイからいらない……」

この前一口もらったら小麦粉と牛乳で作ったパンケーキがいかに素晴らしい発明かイヤと言うほど思い知らされる羽目になった。

父さんは「タンパク質は体温を維持するために必須なのに……」なんてぶつぶつ言いながら、店の奥に引っ込んでしまう。

他のお客さんもいないし、正真正銘、店の外には俺が一人きりだ。

……孤独のせいで、心まで冷え込んできた。

「佐藤《さとう》さんと付き合ってからの俺、なんか落ち込んでばっかだなぁ……」

ぽつりと独《ひと》り言《ご》ちる。

誤解のないよう言っておくけれど、これは佐藤さんと一緒にいる時間が楽しくないというわけではない。むしろ楽しい。たぶん人生で一番。

ただ、その分浮き沈みができたというか、なんというか。

「……弱くなったよな、メンタル」

好きな女の子からチョコがもらえなかっただけで自分がここまで落ち込むなんて、考えたこともなかった。

恋をすると人は弱くなるって言うけれど……いや、そんなカッコいいもんじゃないな。

情けない……ただただ情けない……

それっぽい理屈をこね回したって、結局俺が言いたいことは……

「……佐藤《さとう》さんのチョコ、欲しかったな」

来年までお預けかぁ……

そう考えると、本当に情けないけれど少し泣きそうになってしまって……

「——押尾《おしお》君、そんなに私のチョコ欲しかったんだ」

そんな時、ふいに頭上からそんな声が聞こえてきた。

初めは俺がチョコを欲するあまりに幻聴を聞いたのかと思ったのだけど。

「わ」

しかし、すぐに頭の上から何かをかぶせられて、それが幻聴でなかったと知る。

「こ、これ……?」

女子の制服の……上着?

「風邪引いちゃうよ、押尾君」

顔を上げると——テーブルを挟んで向かい側に、彼女が座っていた。

「……佐藤さん、どうしてここに……?」

「私もあのあと、ちょっと色々考えてみました」

佐藤さんはわざとらしくこほんと咳払《せきばら》いをして、どこか芝居がかった風に続ける。

「まず、押尾君だって義理チョコぐらいはもらうと思います」

「は、はあ」

「……まあ、もしかしたら義理じゃないのも交じってるかもしれなくて、それはすっごくモヤモヤしますが……」

「う」

その真に迫った顔は、明らかにモヤモヤどころじゃないけど……

「──でも、一方でカレシがモテるのは嬉《うれ》しいわけです、カノジョとして」

今度は胸を張って、ふんすと鼻を鳴らす佐藤さん。

あれ……？　佐藤さんもしかして怒ってない……？

「……とはいえ、押尾君が私以外の女の子からもらったチョコレートを食べるところを想像すると、とても複雑な気持ちですけども……」

あっいや怒ってる!?　どっち!?　感情が複雑すぎて分かんないんだけど!?

「だから！　間をとってこうしようと思います！」

そう言って、佐藤さんは俺にリボンで装飾された小さな白い小箱を差し出してくる。

これは……あの時もらえなかった佐藤さんのチョコレート……？

「一番最初に……」

「……最初に？」

「──私のチョコを一番最初に食べるなら！　このチョコあげてもいいよっ！」

顔を真っ赤にした佐藤《さとう》さんが言う。

……なんだ、好きな人からのチョコレートっていうのは、ずいぶん簡単な条件でもらえるんだな。だって──

「言われなくても、初めからそうするつもりだったよ」

「……ふふ、待たせてごめんね、ハッピーバレンタイン押尾《おしお》君、これからもよろしく」

「ありがとう、佐藤さん」

佐藤さんが小箱を手渡してくる。

夢にまで見た、カノジョからのチョコレート。

感極まって泣いてしまいそうだったけれど、ここは堪《こら》えた。

「……開けていい？」

「うん、もちろん」

俺はまるで宝石でも取り扱うかのような慎重さで、小箱を開封する。

中には、綺麗《きれい》にデコレーションされたハート形のチョコレートが並んでいた。

「ご……ごめんね、本当は手作りをあげようとしたんだけど、何回試してもうまくできなくて……結局、市販の、見た目が美味《おい》しそうなやつに……」

「ううん、すごく嬉《うれ》しいよ」

「……ほんと？」

「本当に」

間違いなく、人生で最高のバレンタインデーだと断言できる。

ああ、本当ならこのままどこかに大事にしまっておきたいところだけれど……あの言葉を思い出して、それはやめておいた。

「佐藤《さとう》さん、一緒に食べよう」

「え？」

俺の提案が予想外だったらしい、佐藤さんが目をぱちくりさせた。

「い、いいの？　押尾《おしお》君にあげたものなのに」

「いいんだよ、だって――」

だって、死んだ母さんは言っていた。

「――チョコレートは特別な時に、特別な人と食べるから、特別なお菓子なんだよ」

佐藤さんは……どうしてだろう。

その言葉を聞いて、いっそう驚いていたようだった。

了

GAGAGA

ガガガ文庫

塩対応の佐藤さんが俺にだけ甘い6.5

澤渡かざみ

発行　2022年6月22日　初版第1刷発行

発行人　鳥光 裕

編集人　星野博規

編集　小山玲央

発行所　株式会社小学館
〒101-8001 東京都千代田区一ツ橋2-3-1
[編集]03-3230-9343　[販売]03-5281-3556

カバー印刷　株式会社美松堂

印刷・製本　図書印刷株式会社

Printed in Japan　ISBN978-4-09-453071-1